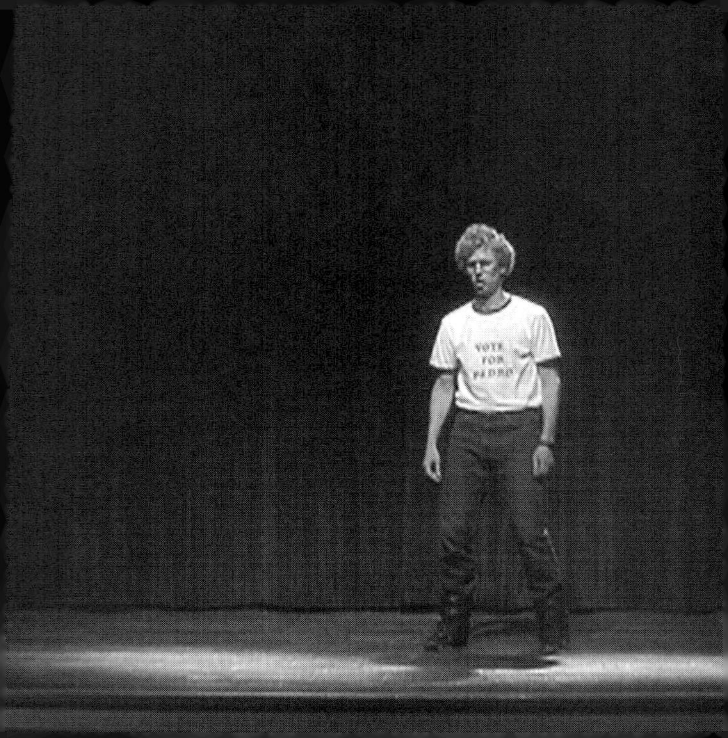
VOTE
FOR
PEDRO

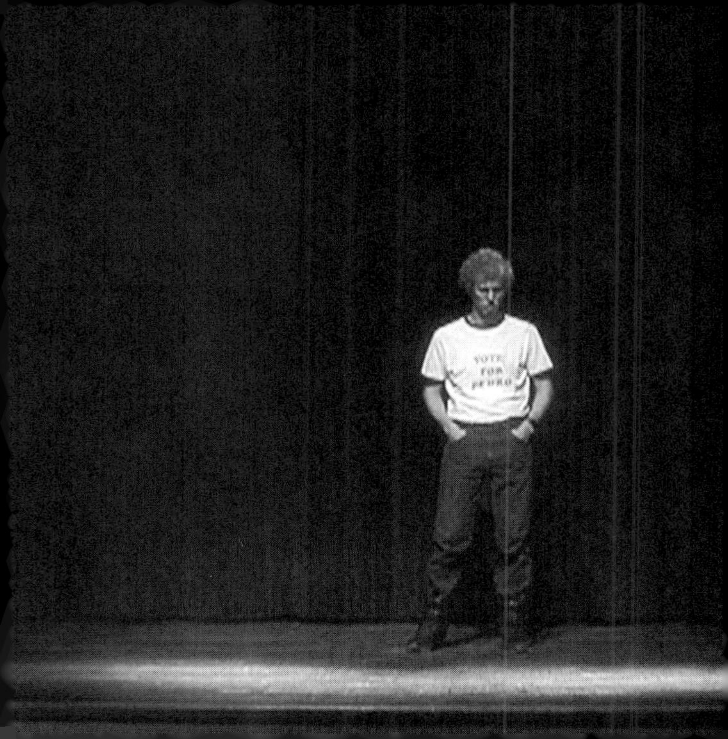
VOTE
FOR
PEDRO

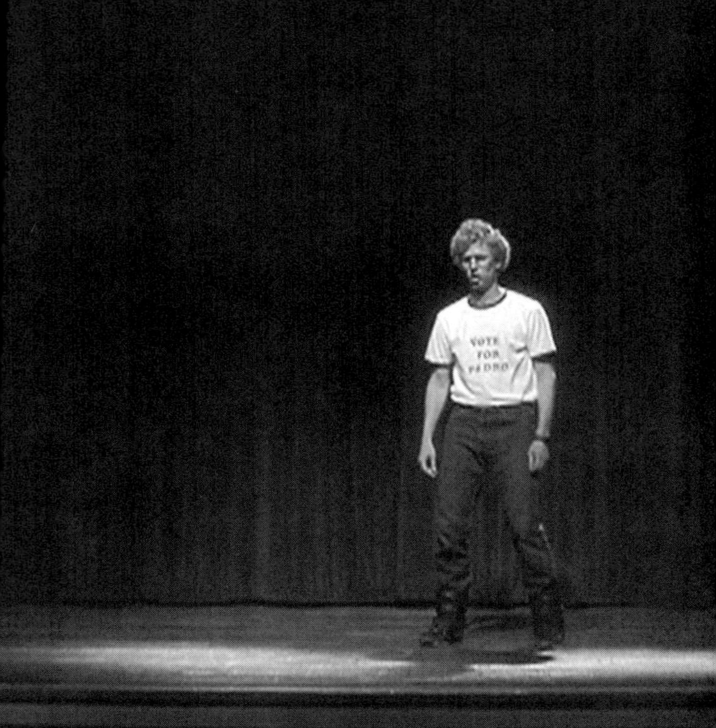
VOTE
FOR
PEDRO

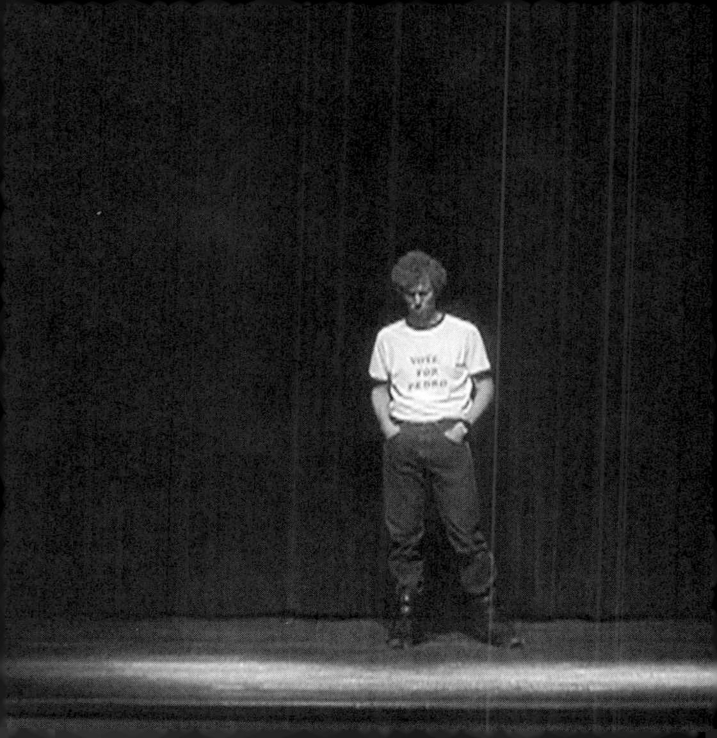

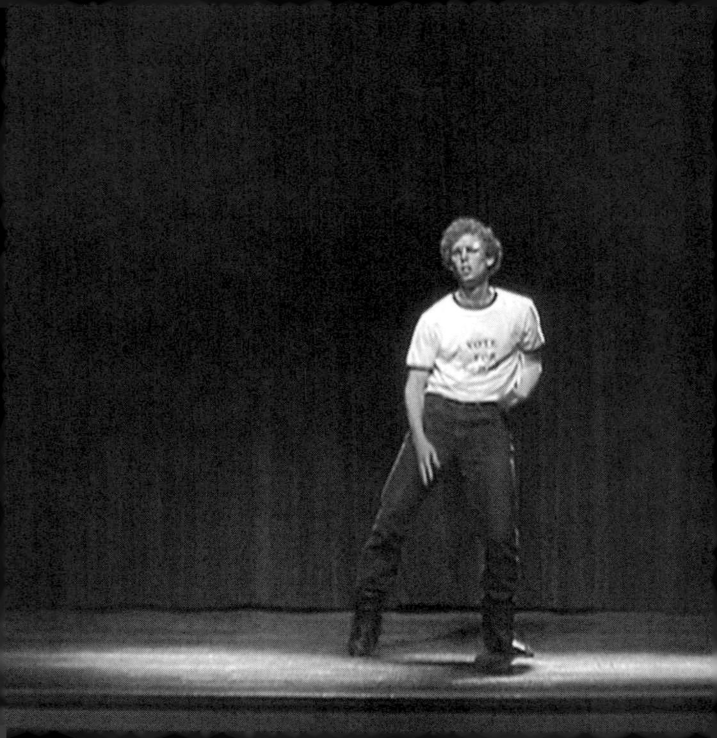

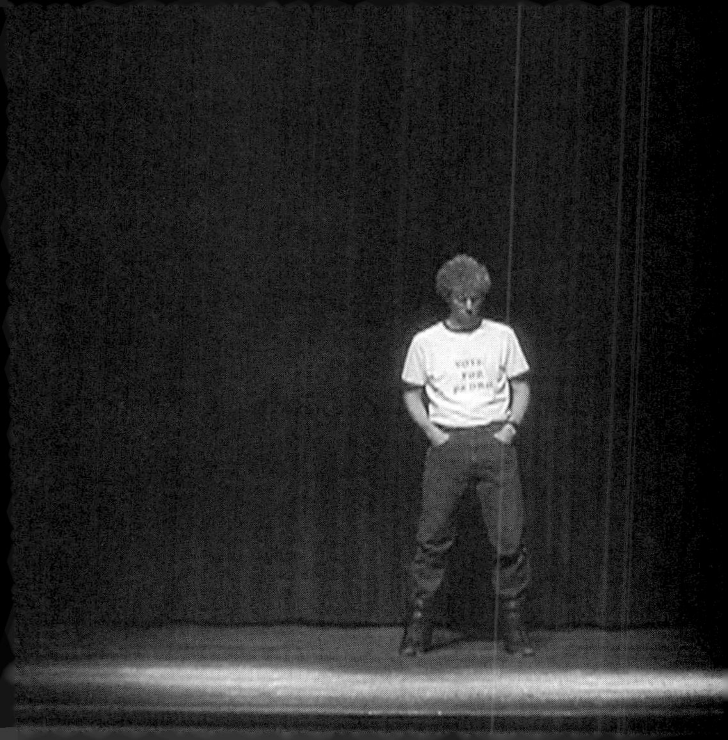

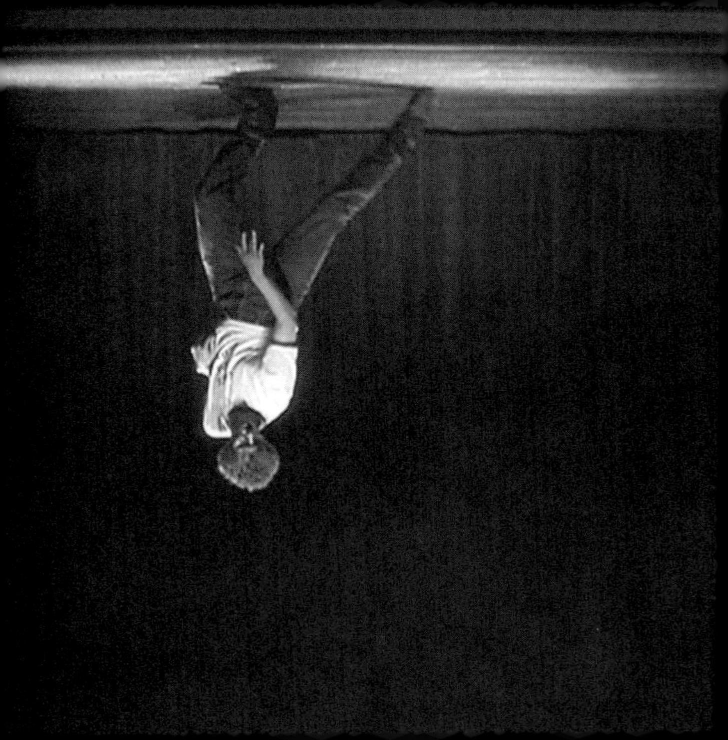

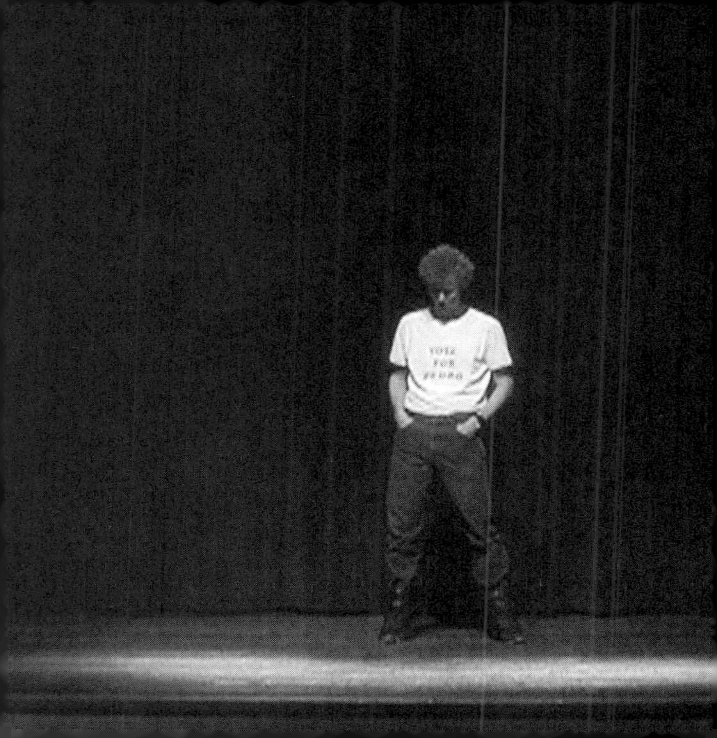

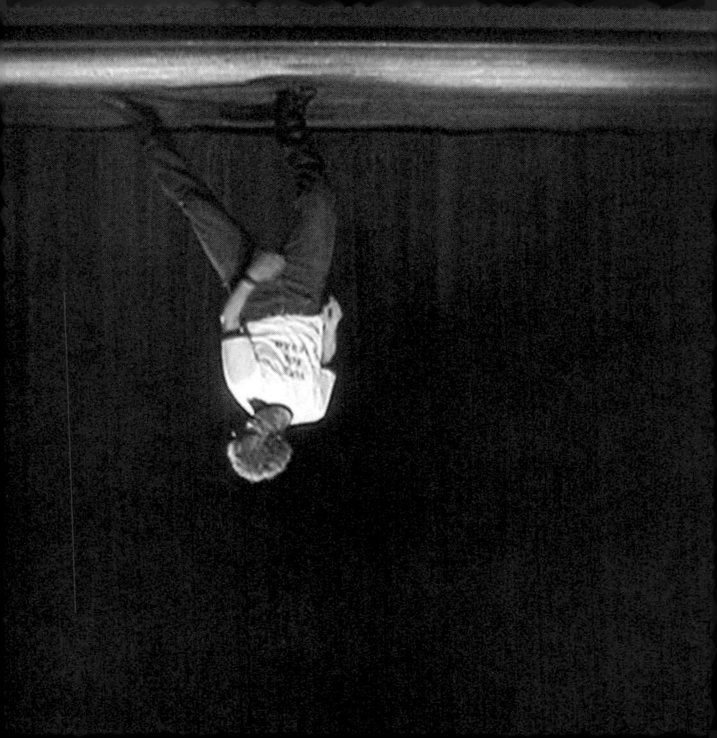

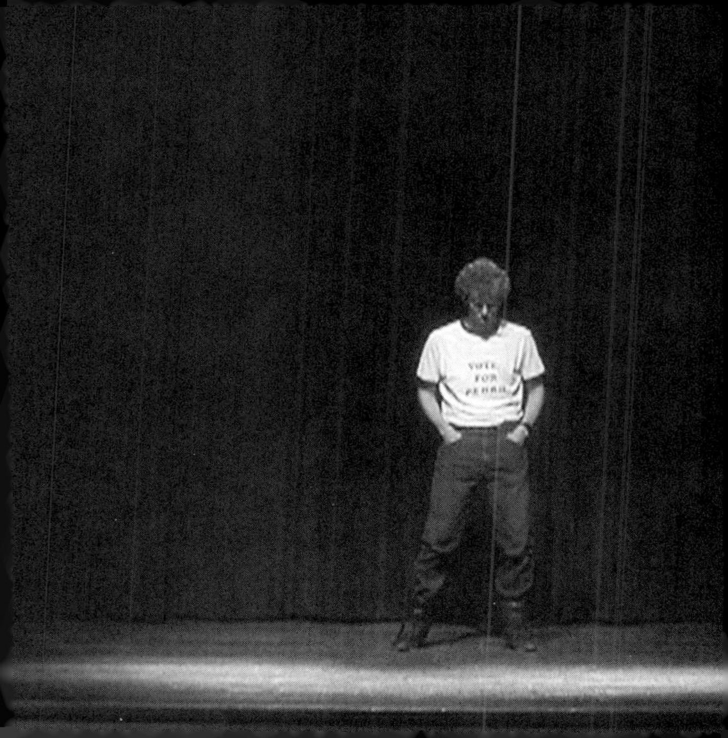

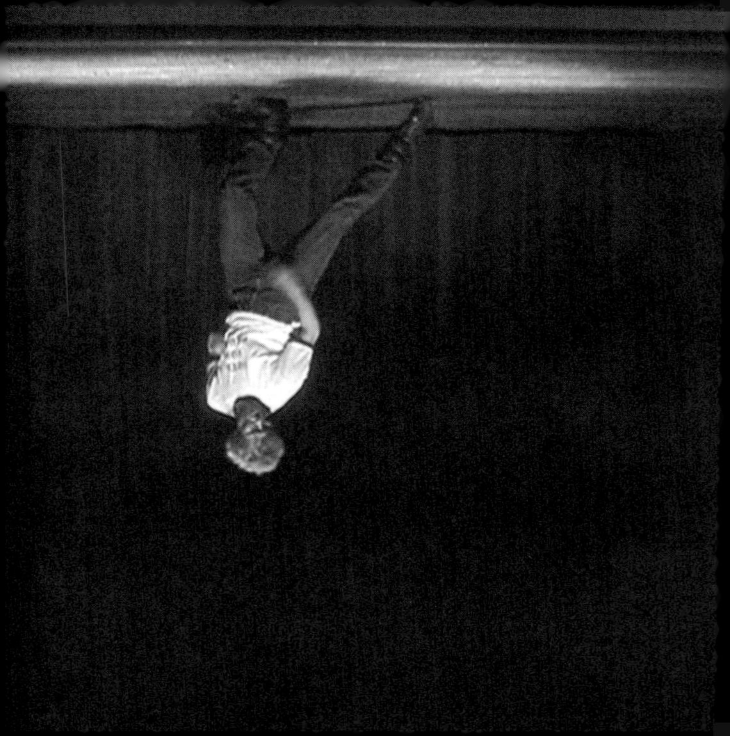

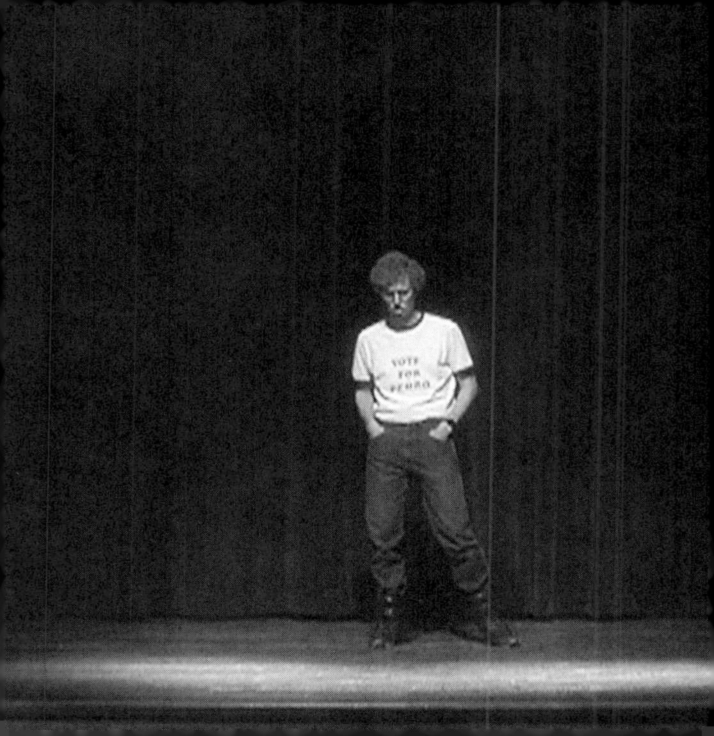

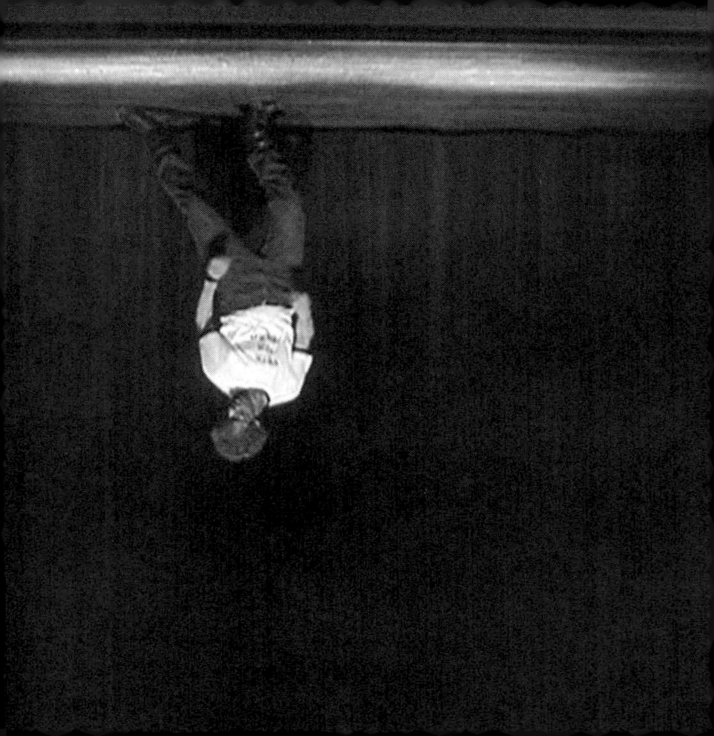

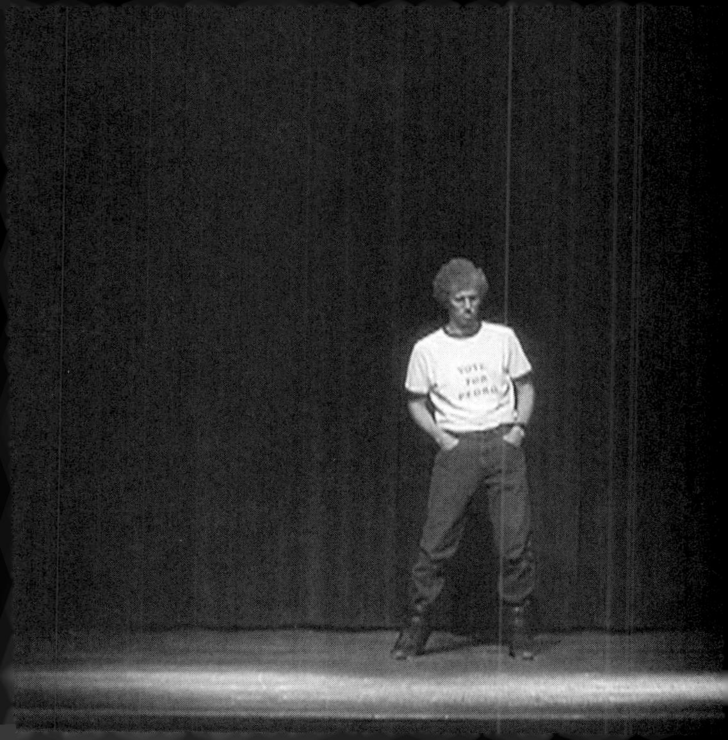

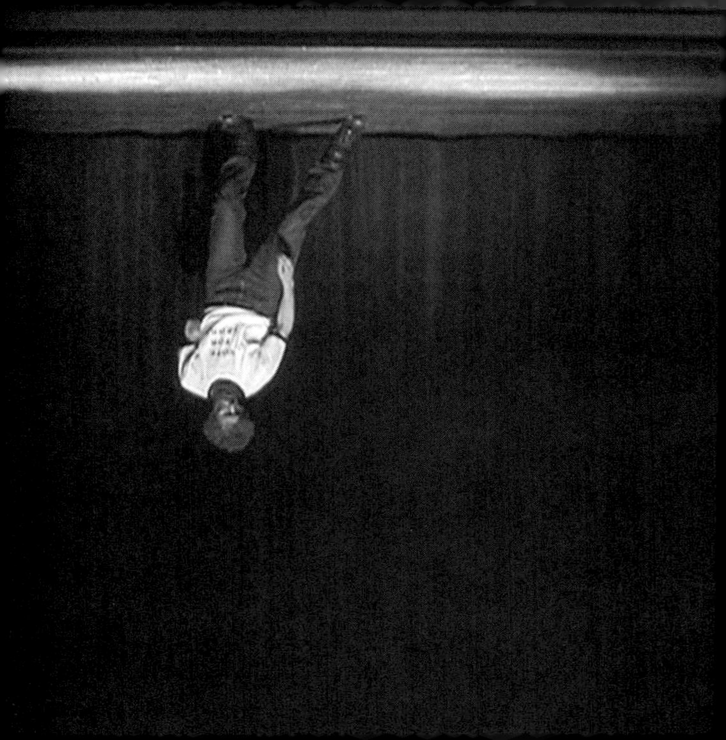

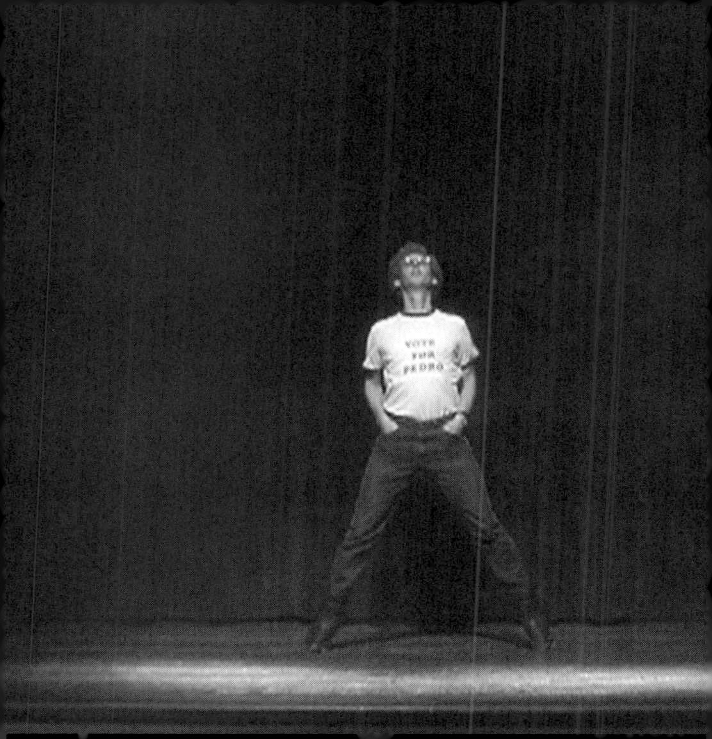

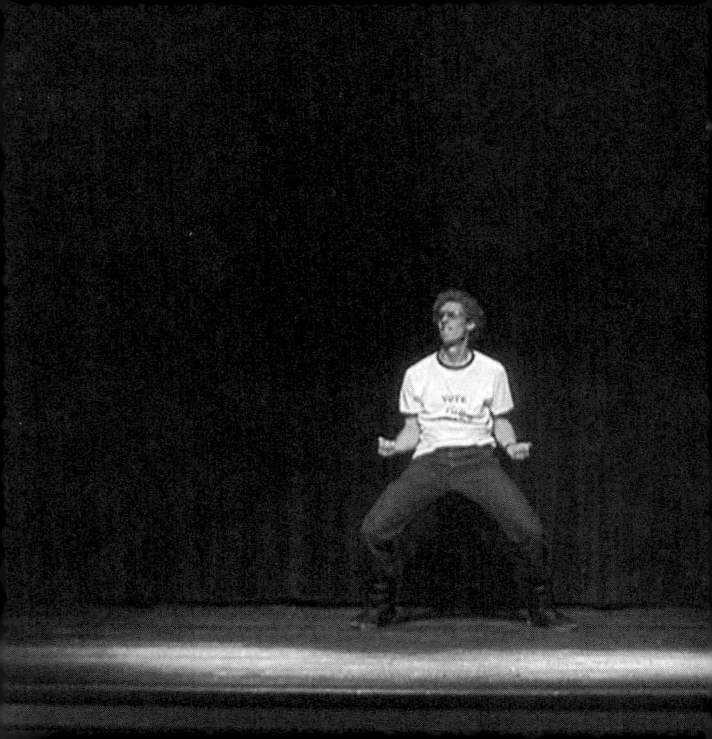

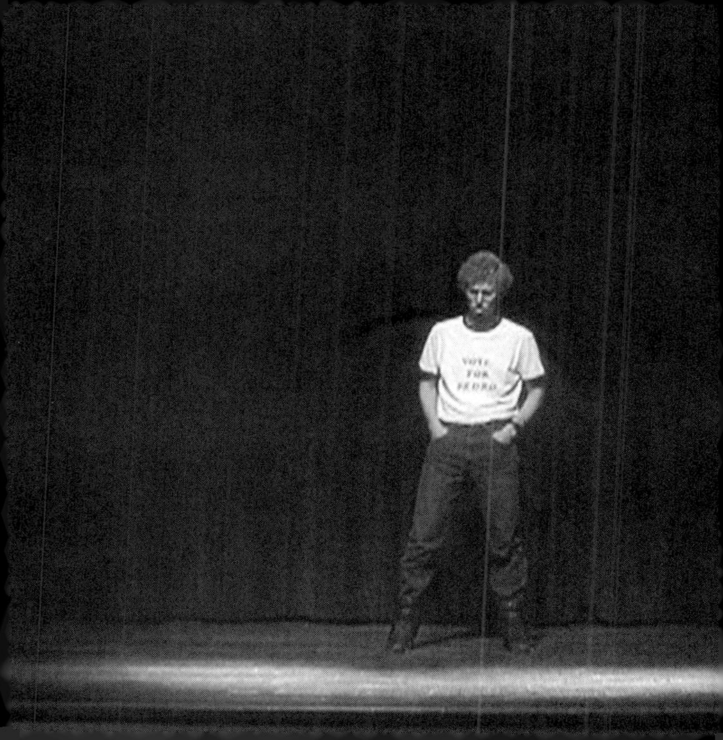

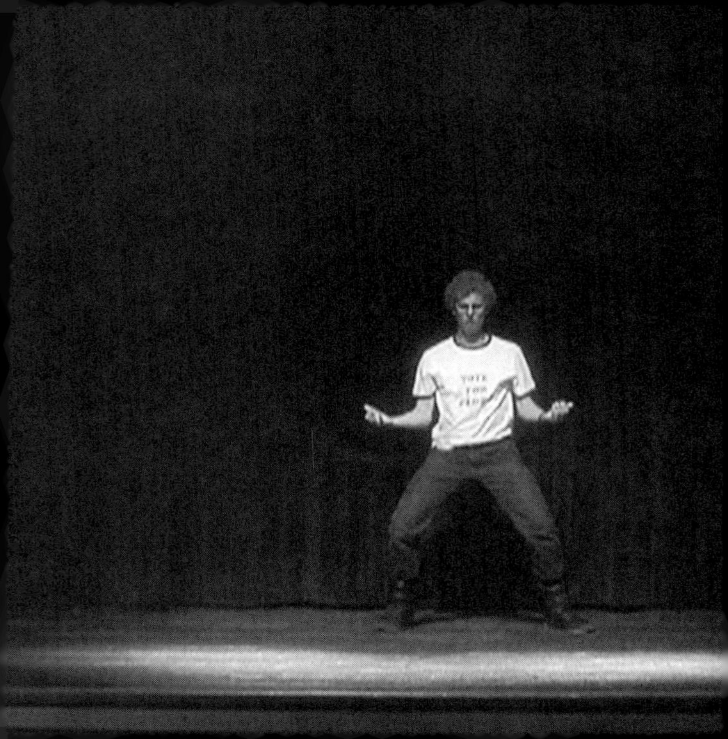

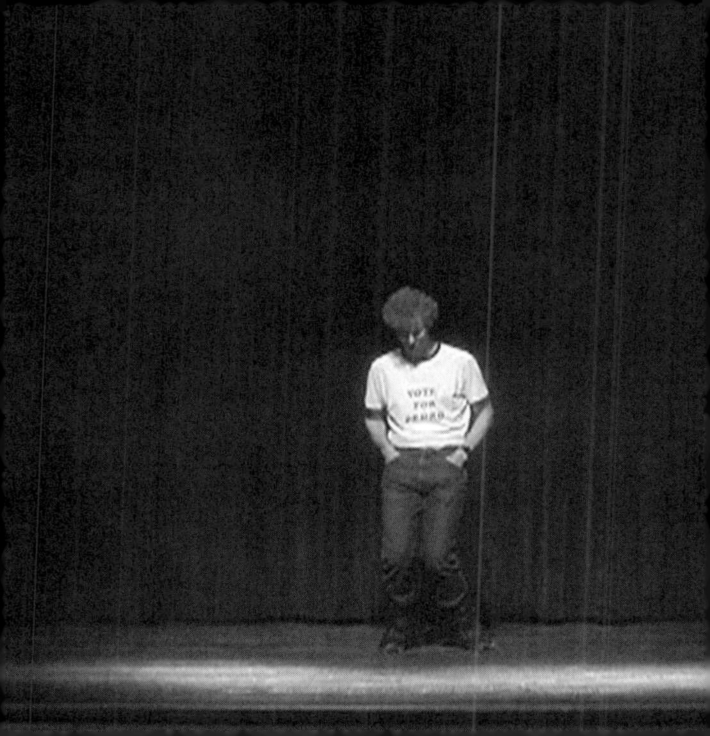

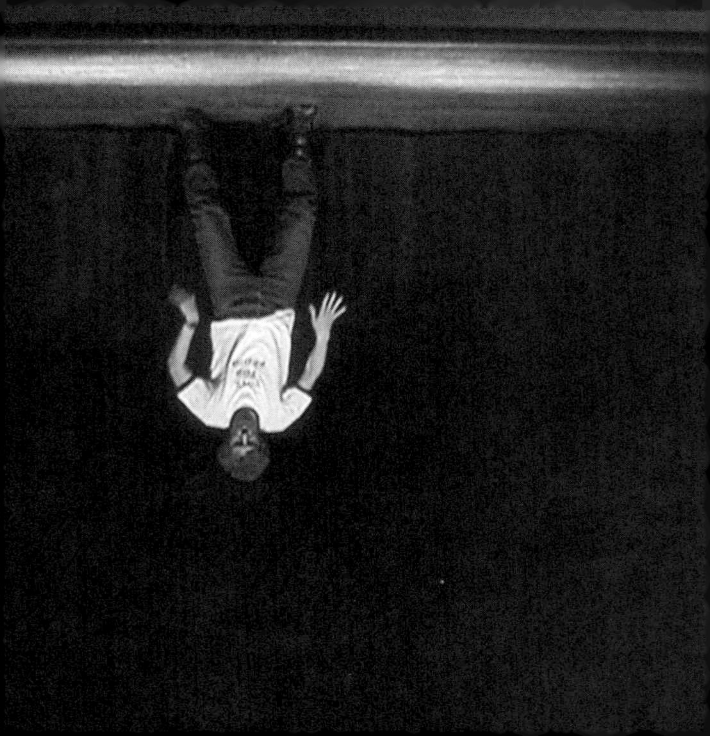

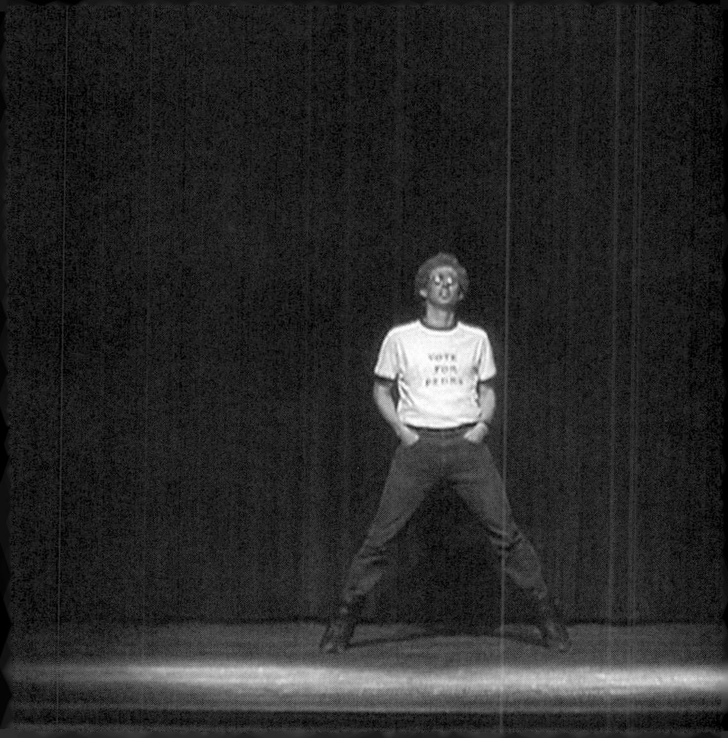

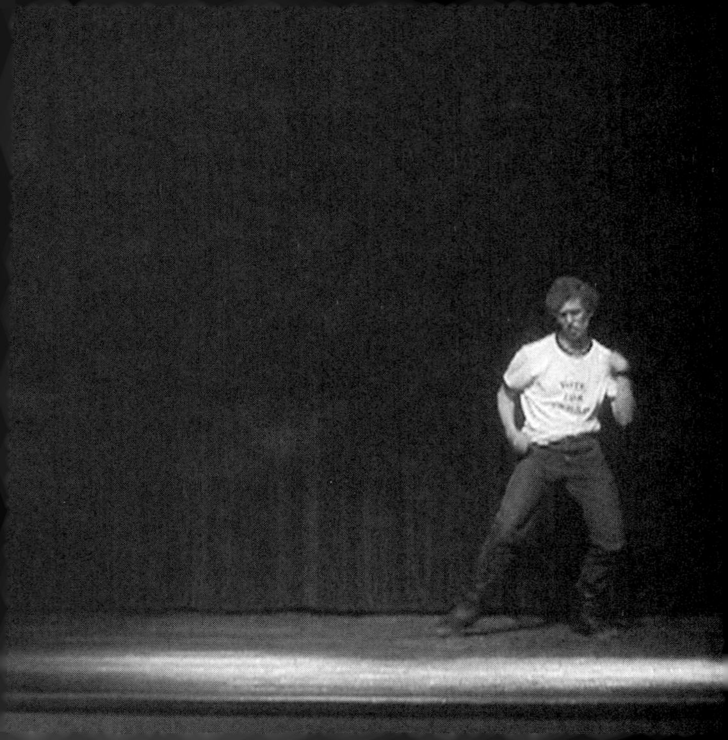

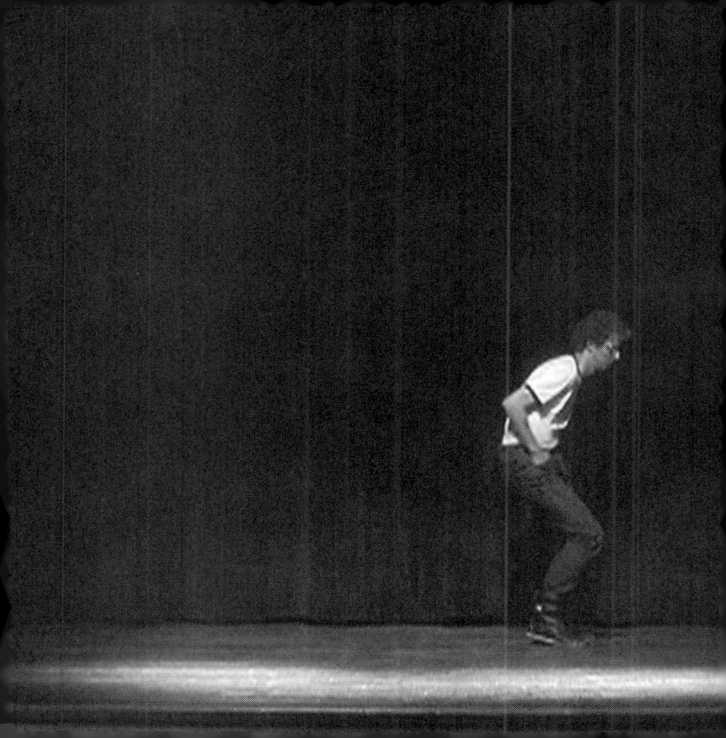

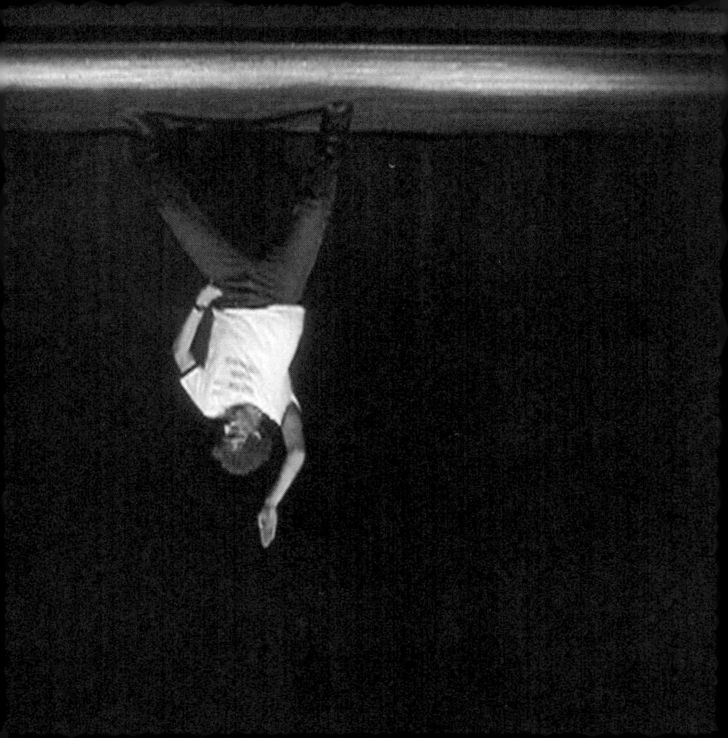

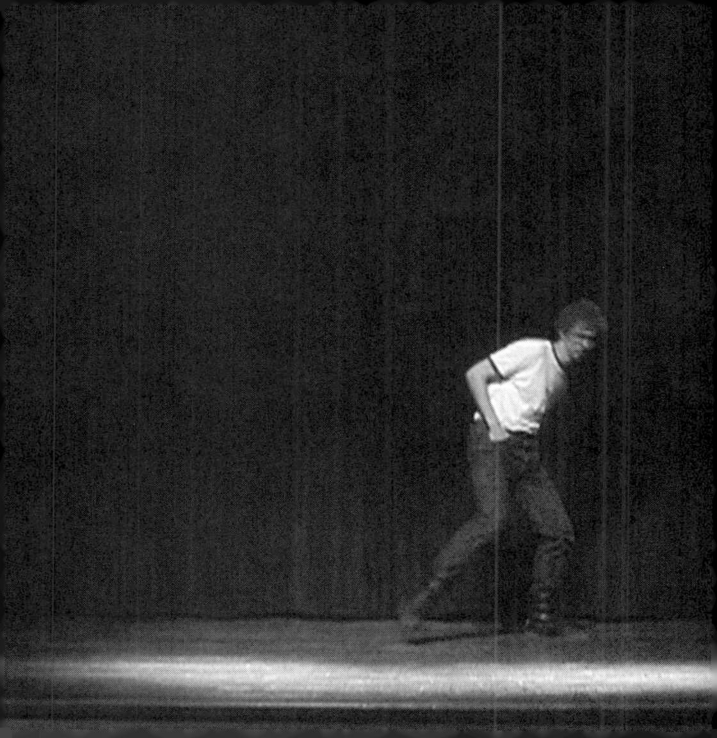

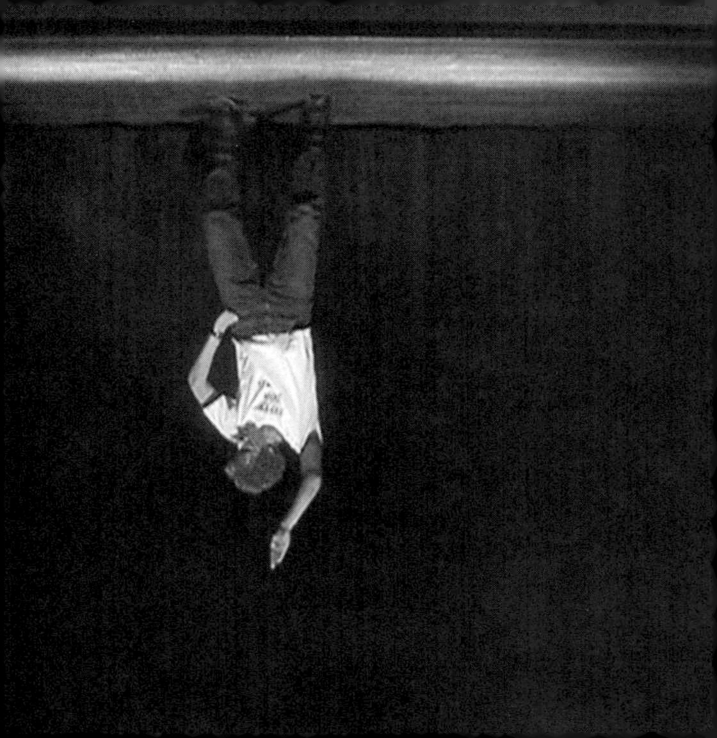

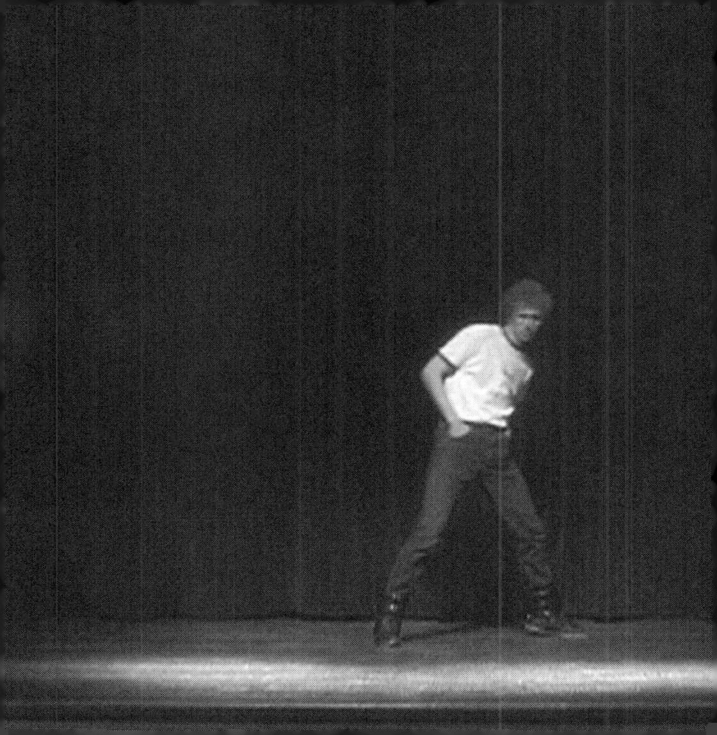

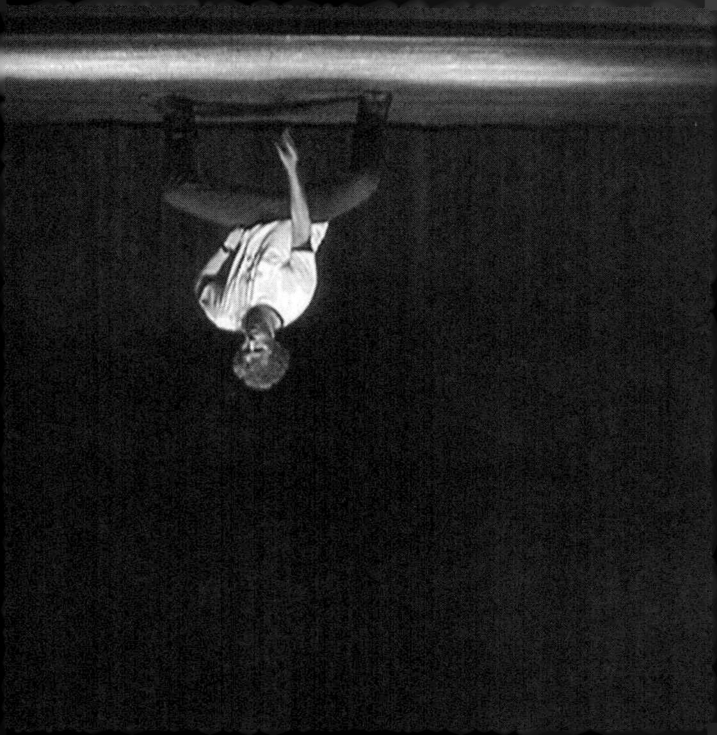

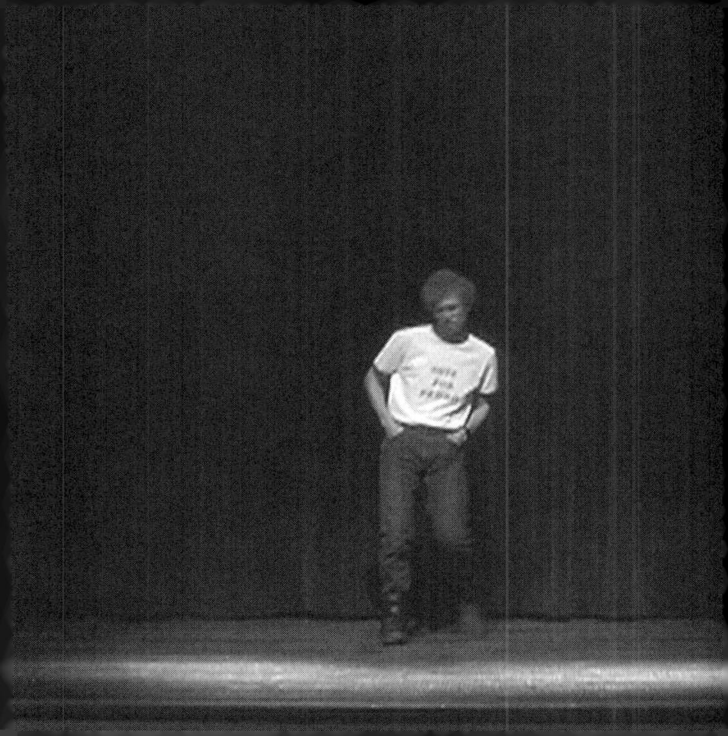

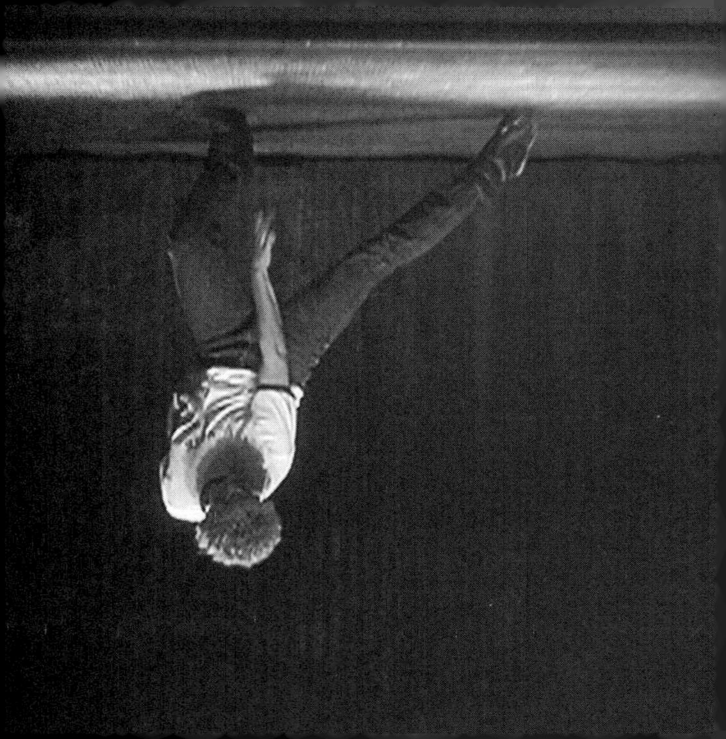

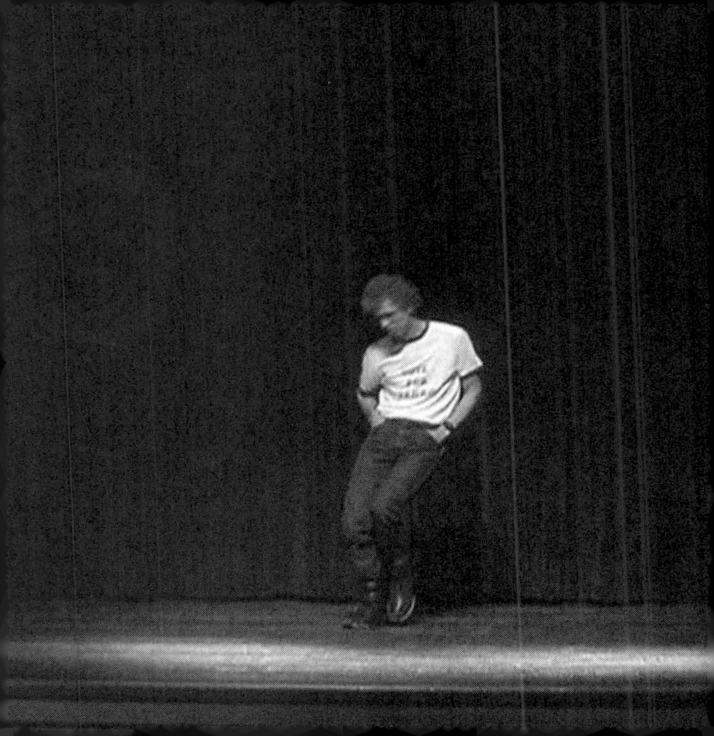

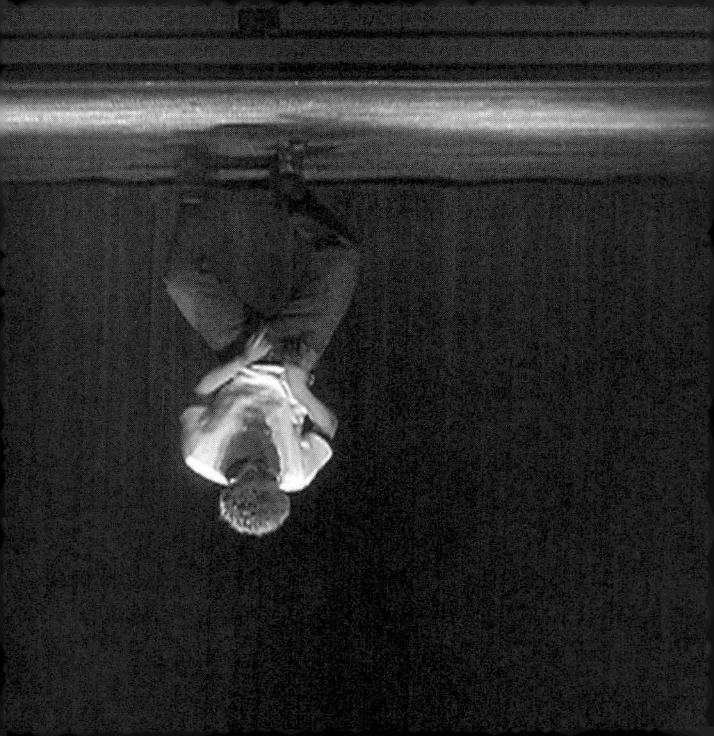

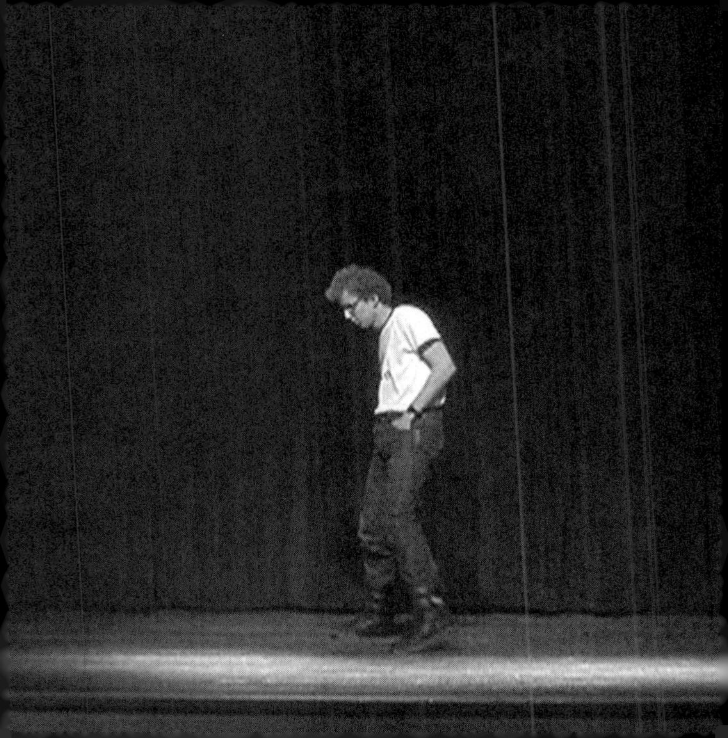

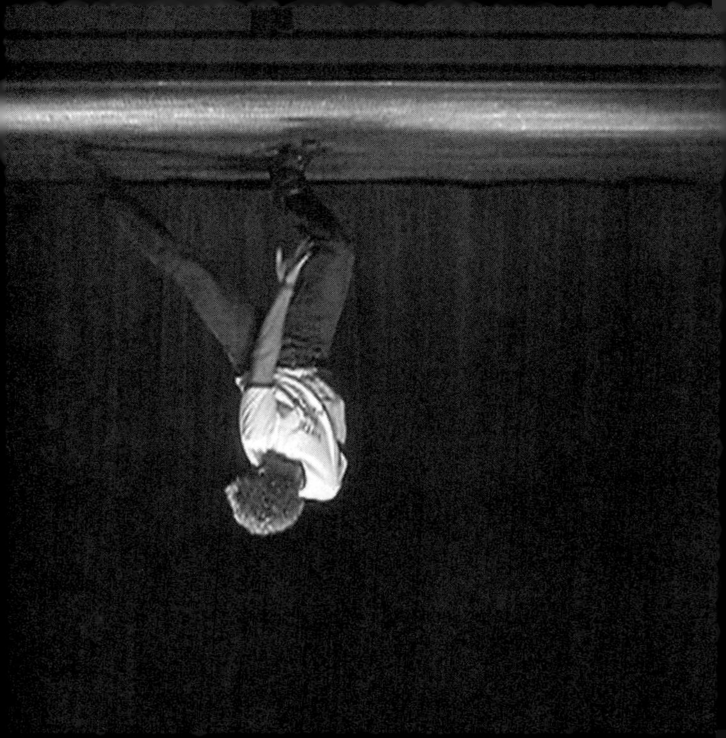

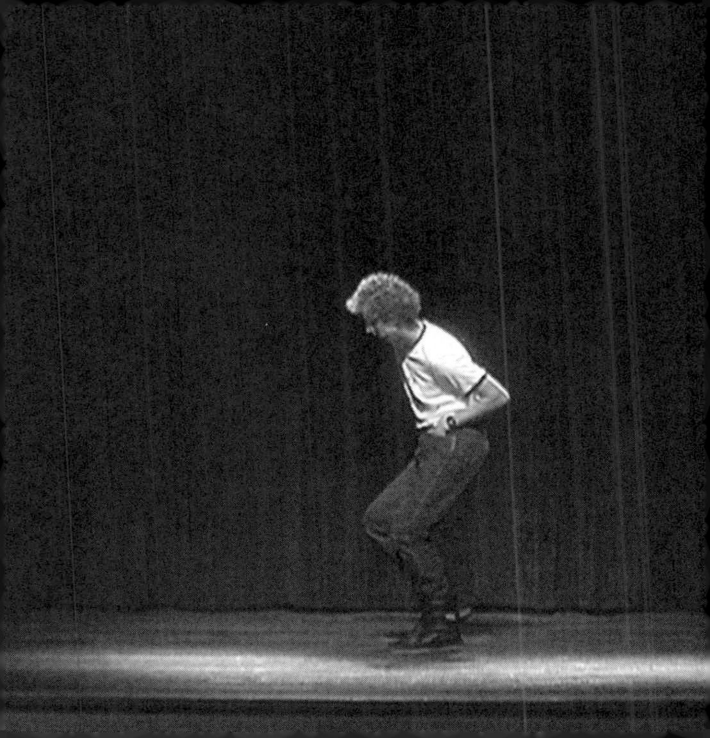

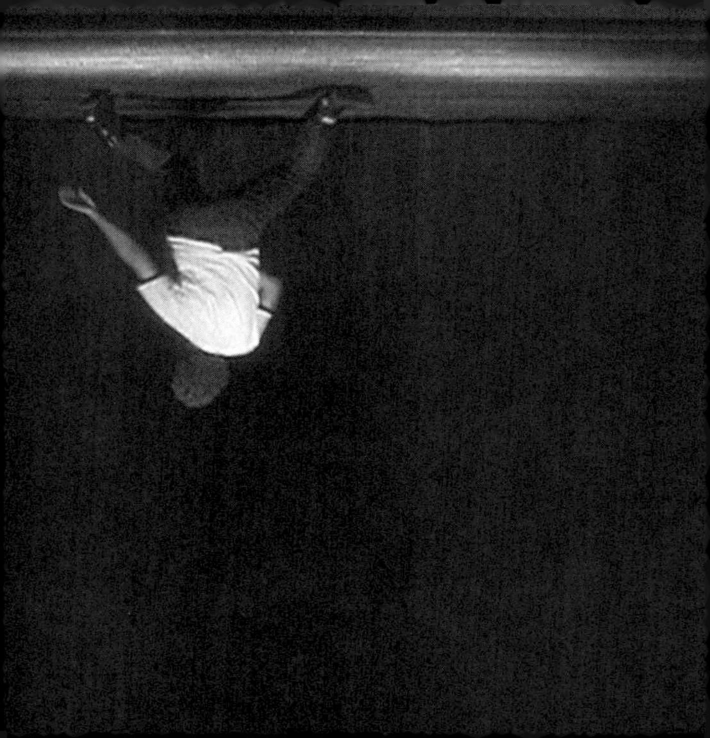

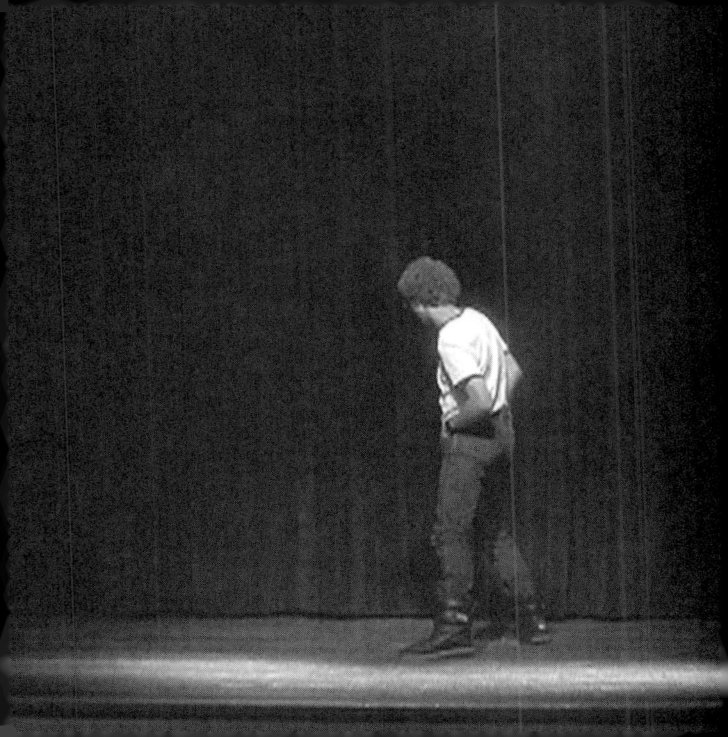

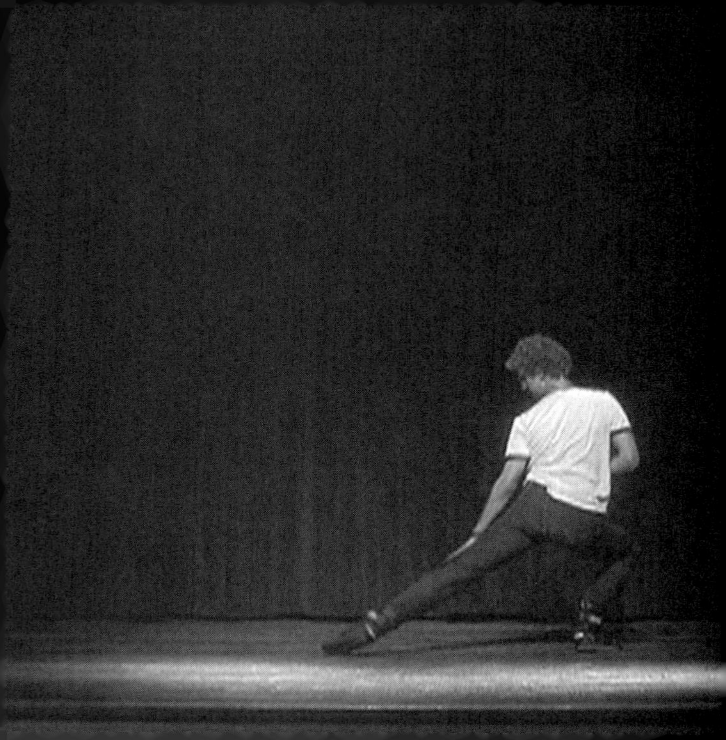

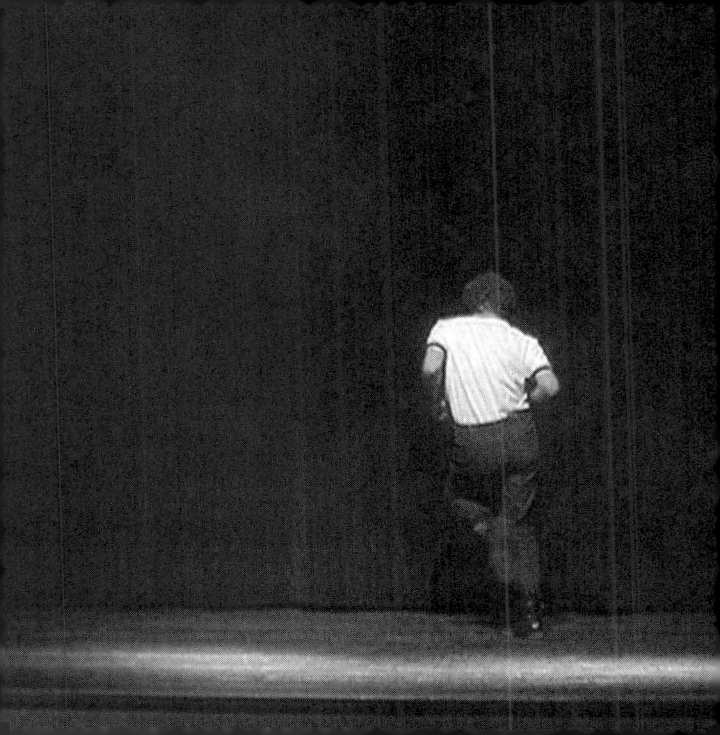

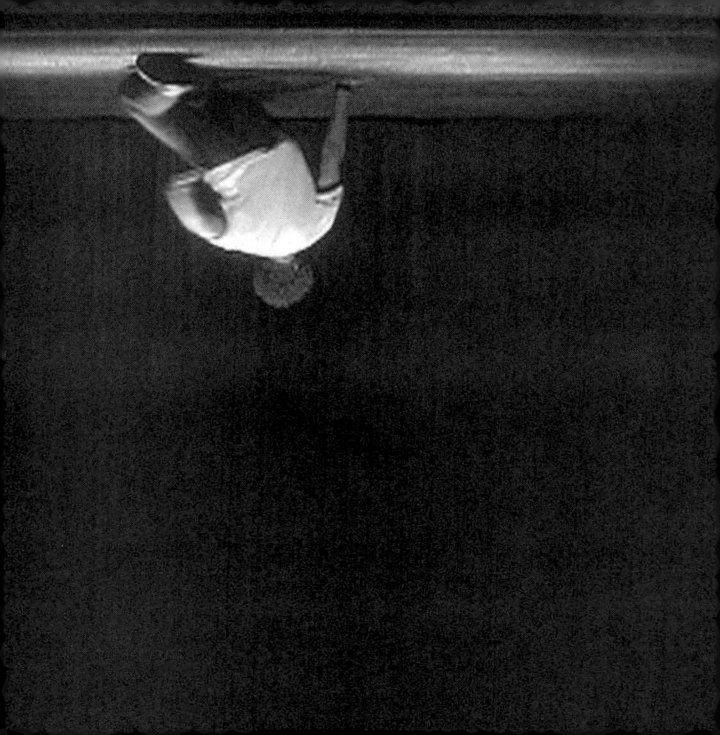

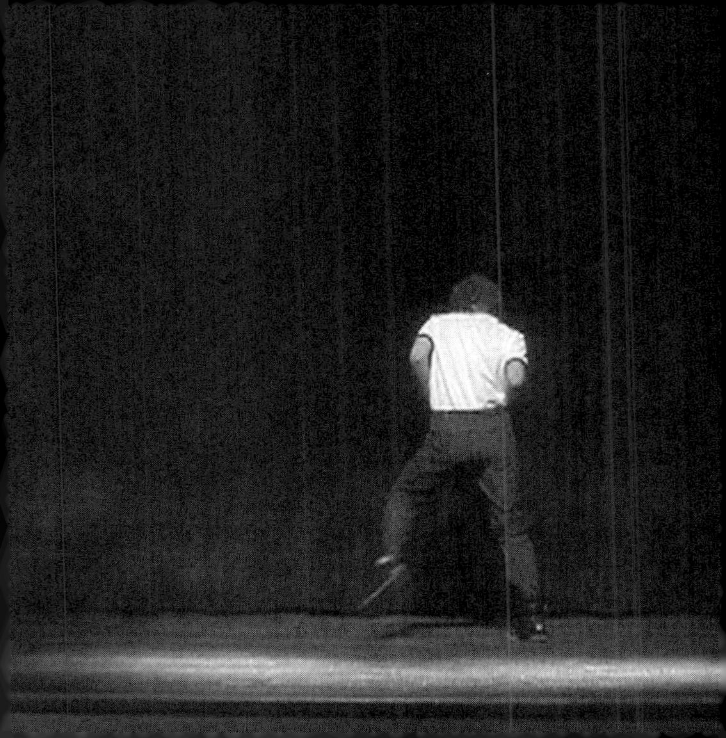

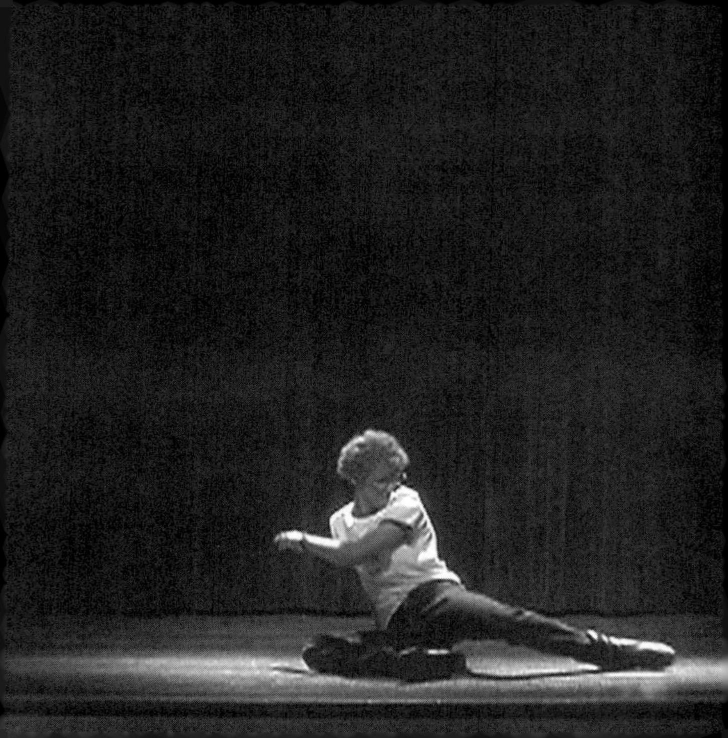

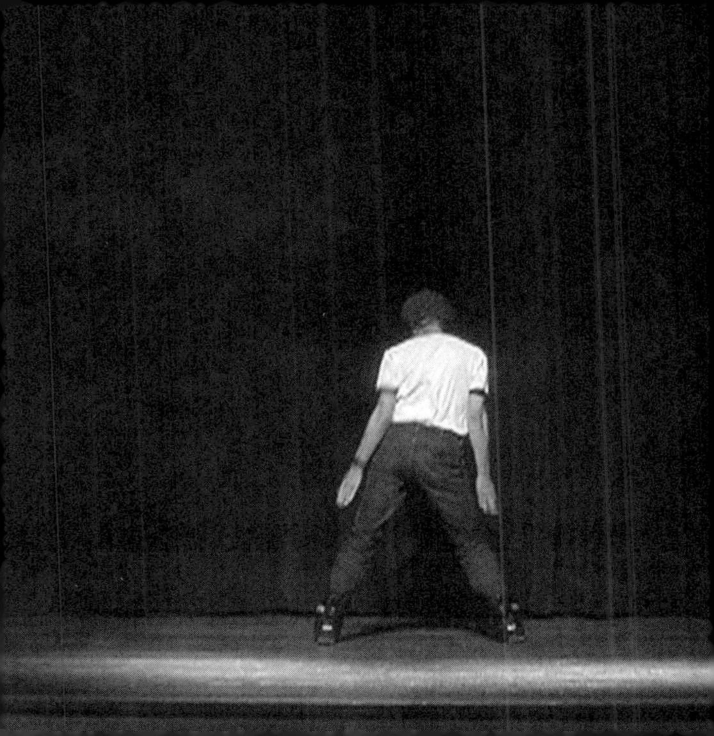

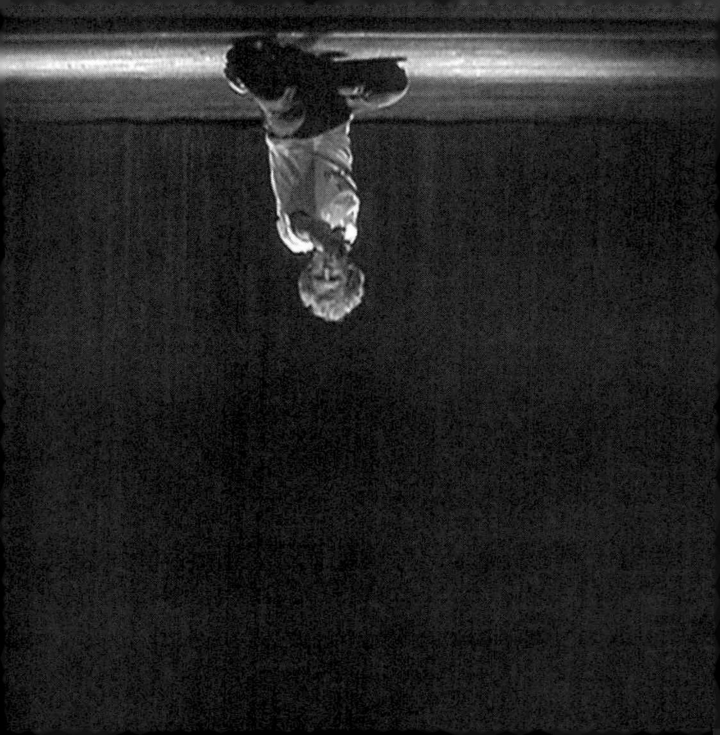

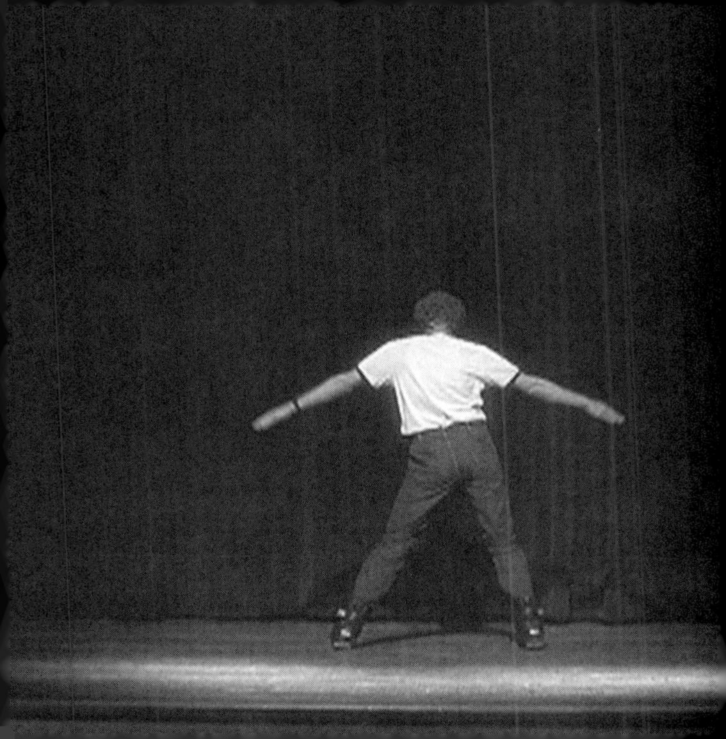

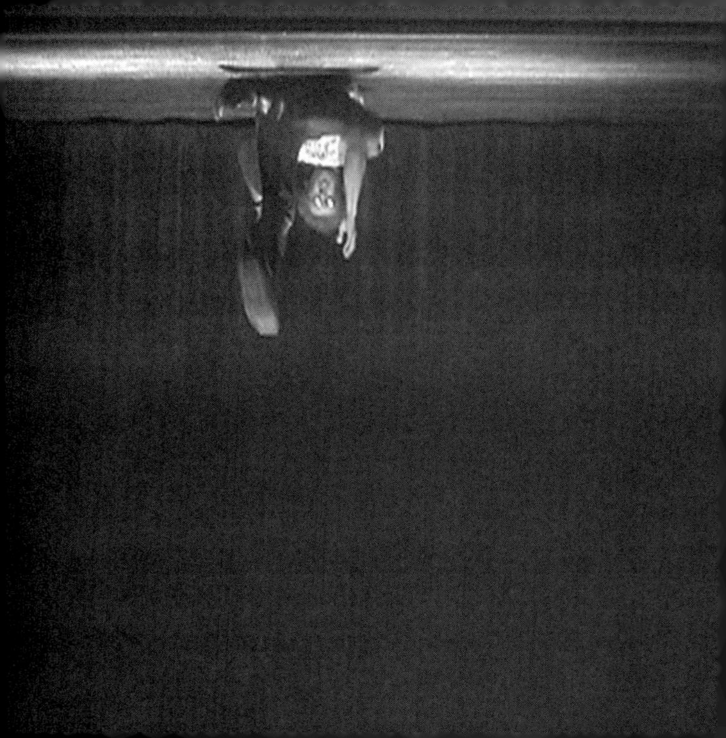

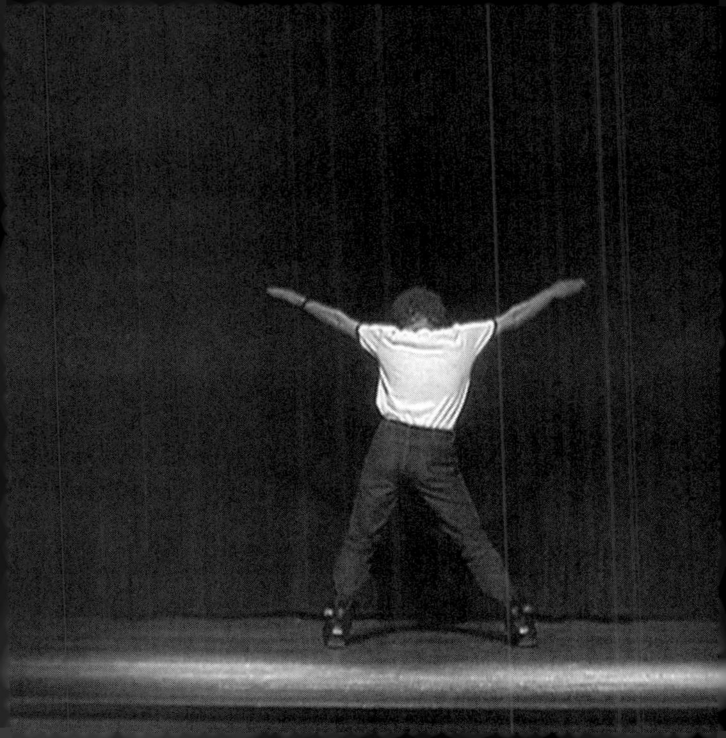

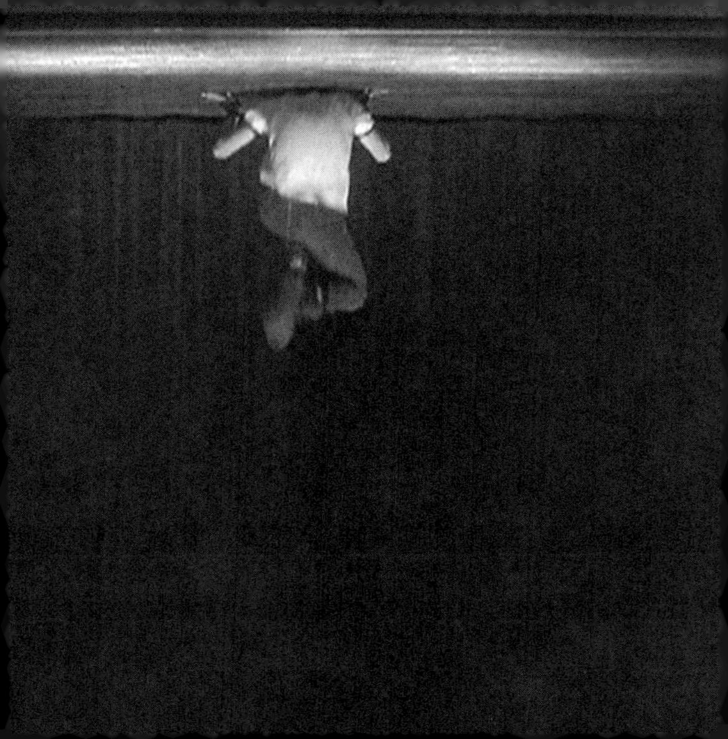

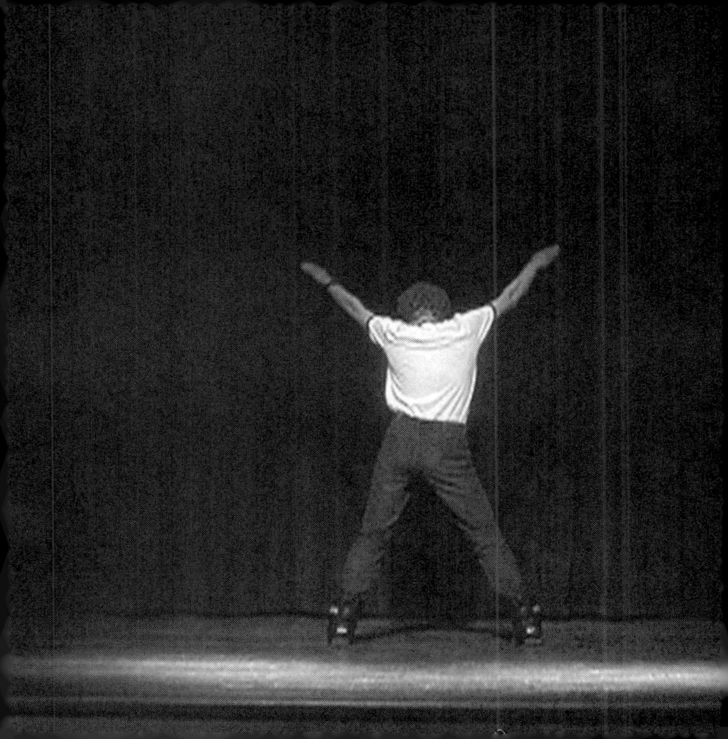

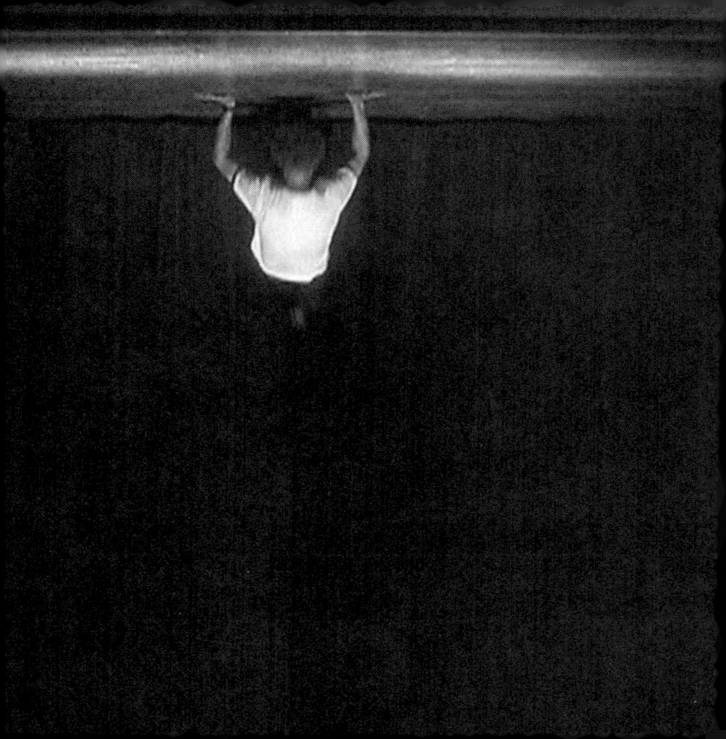

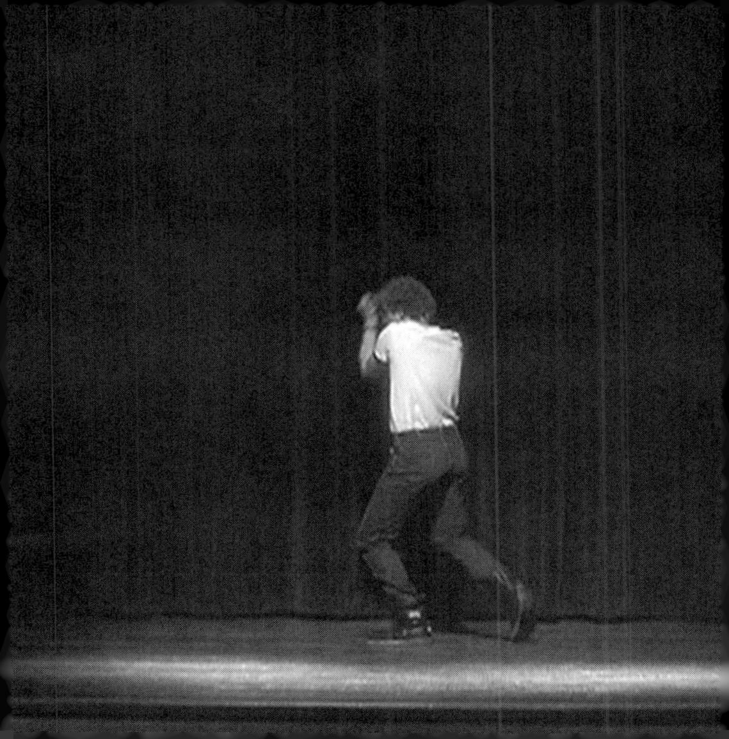

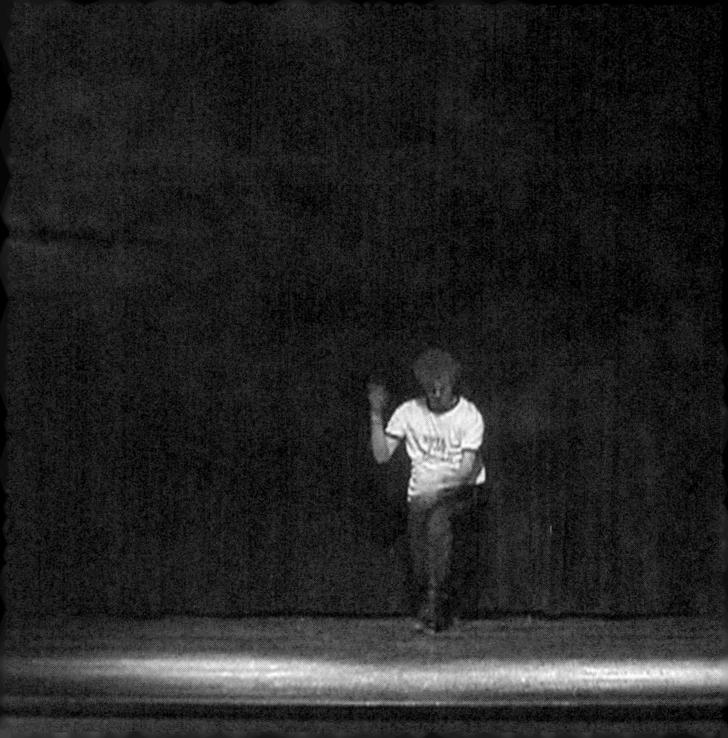

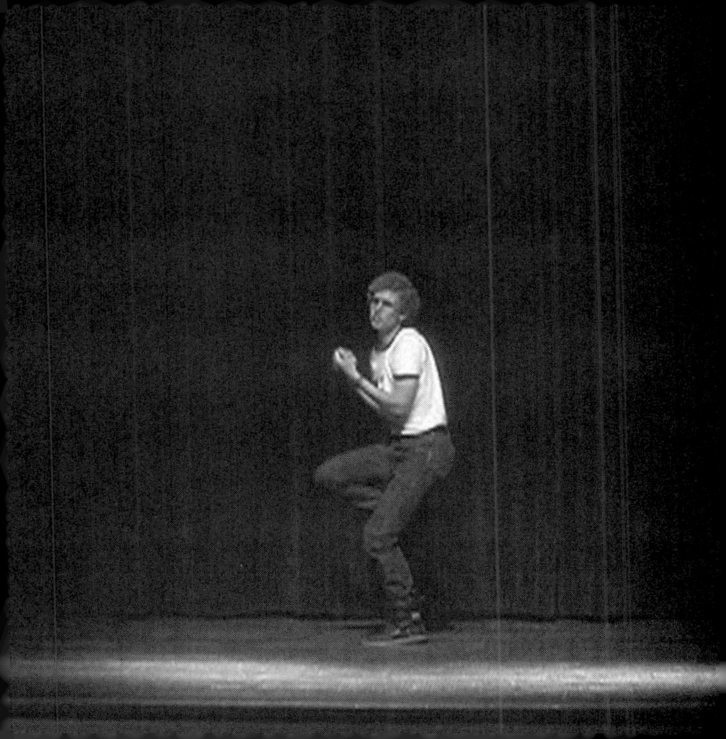

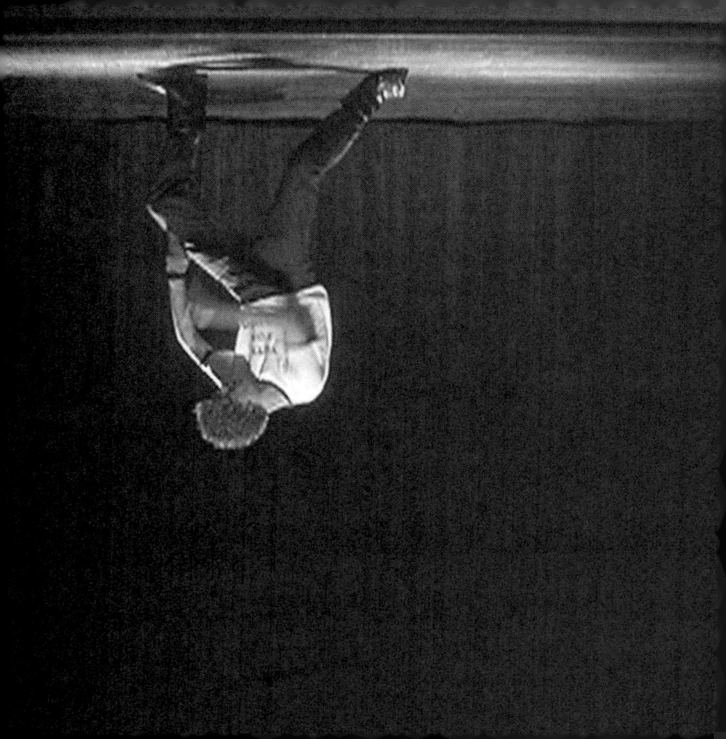

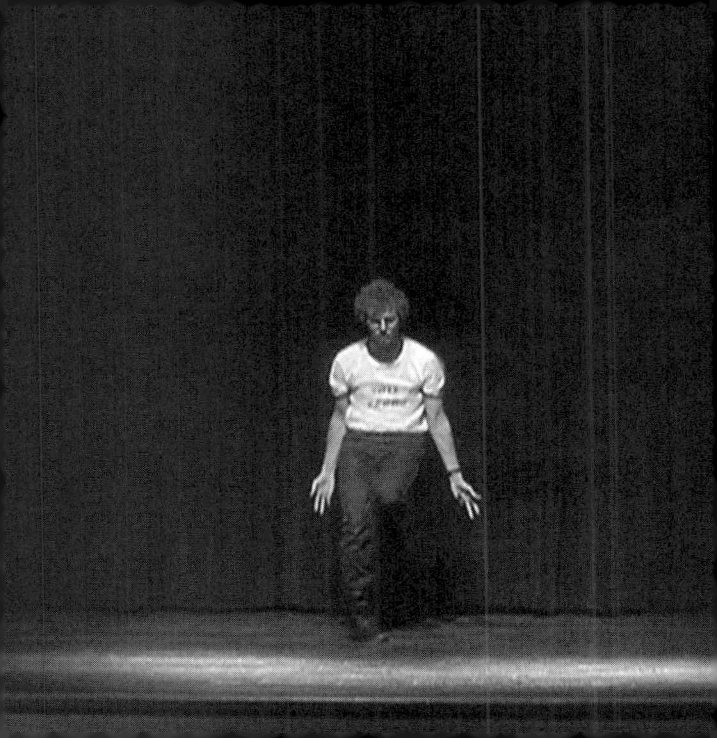

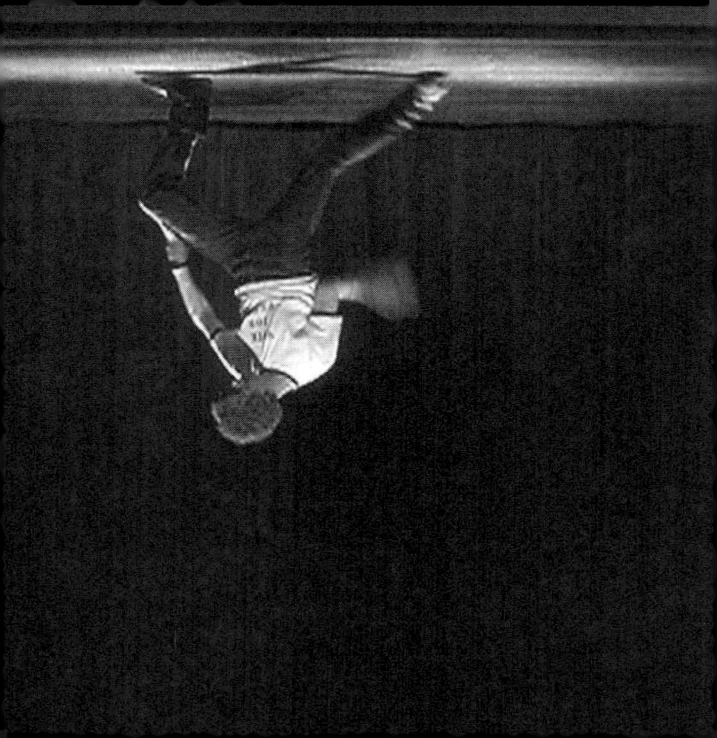

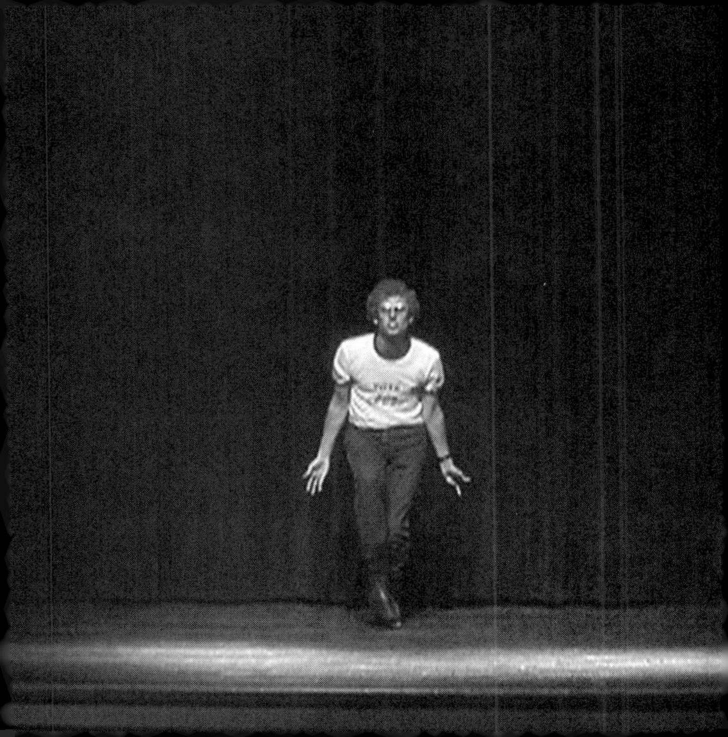

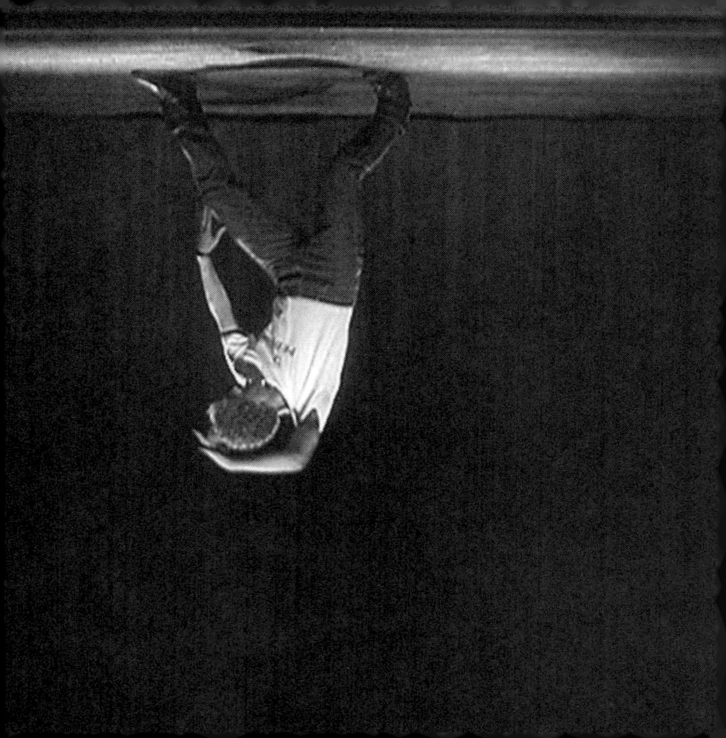

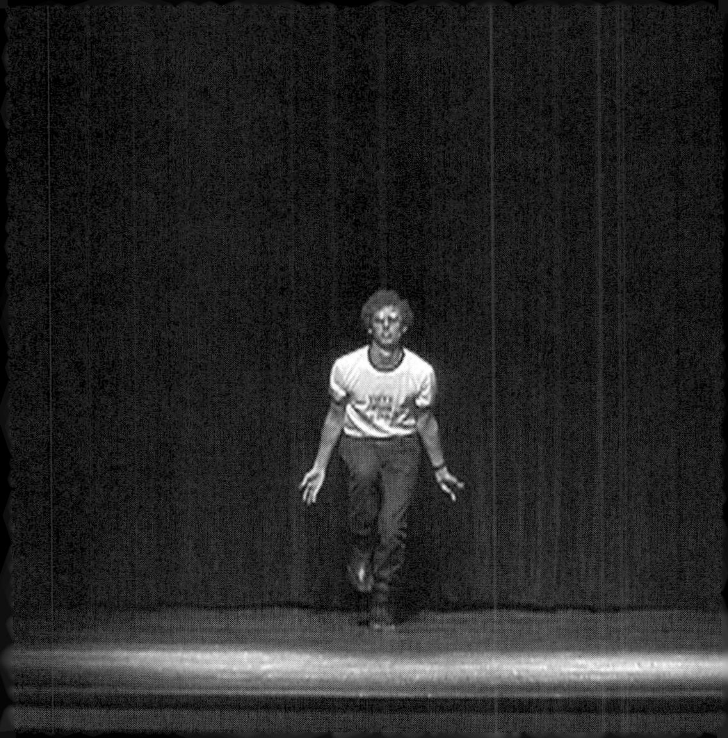

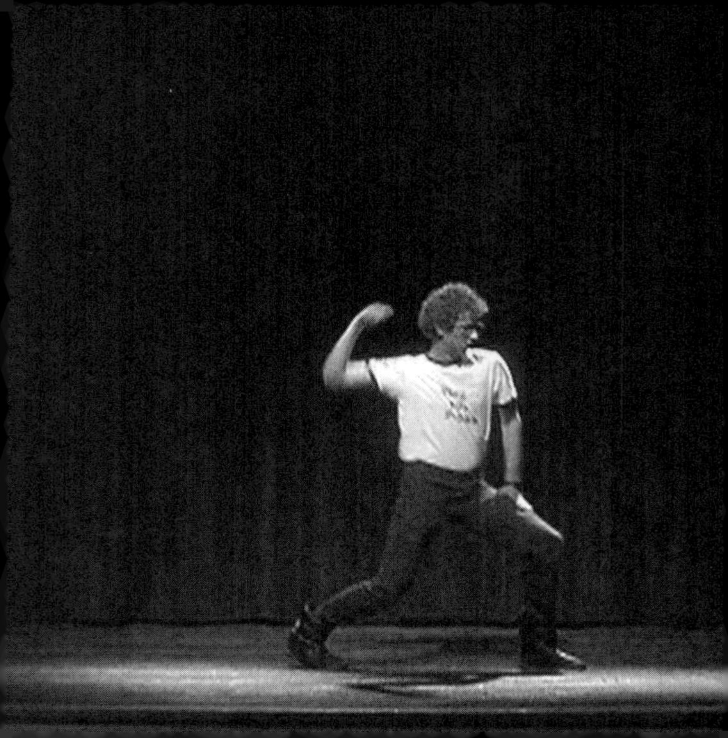

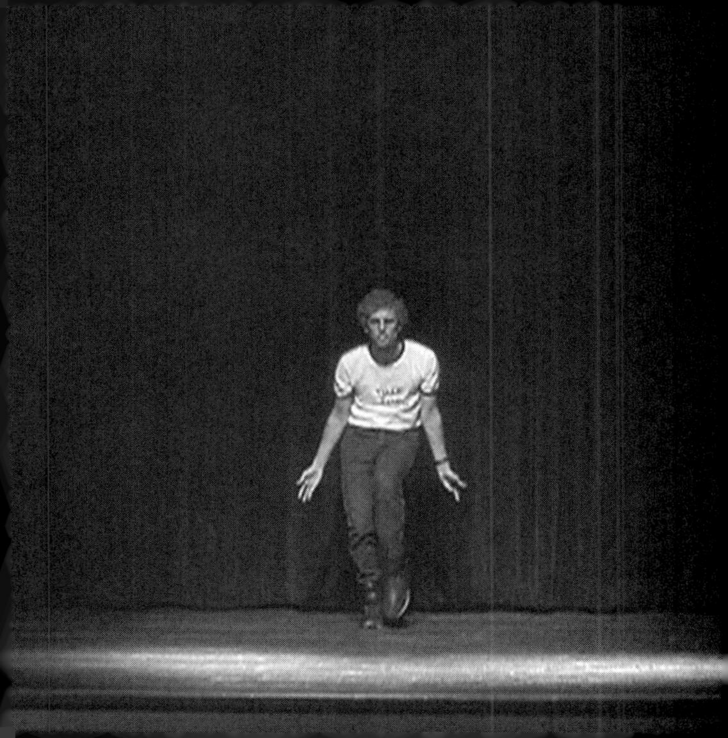

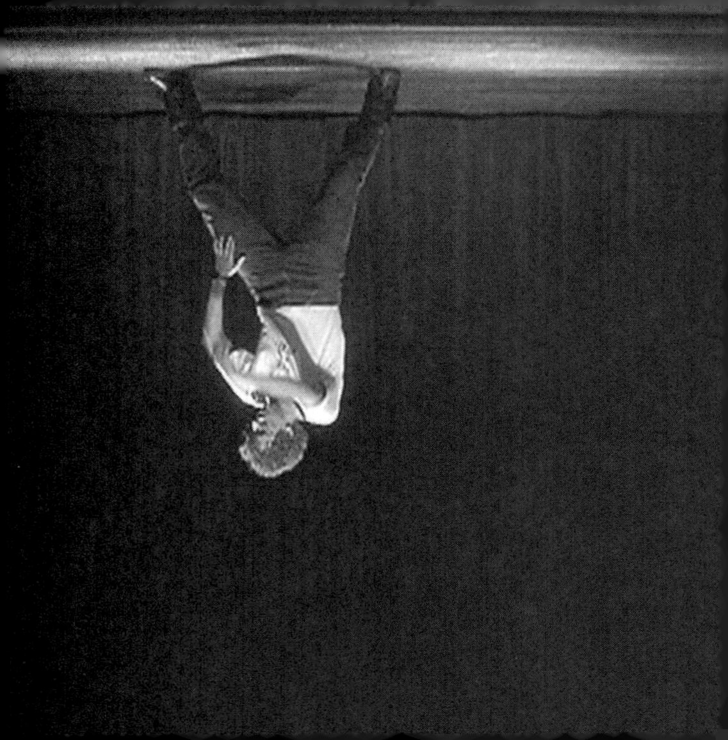

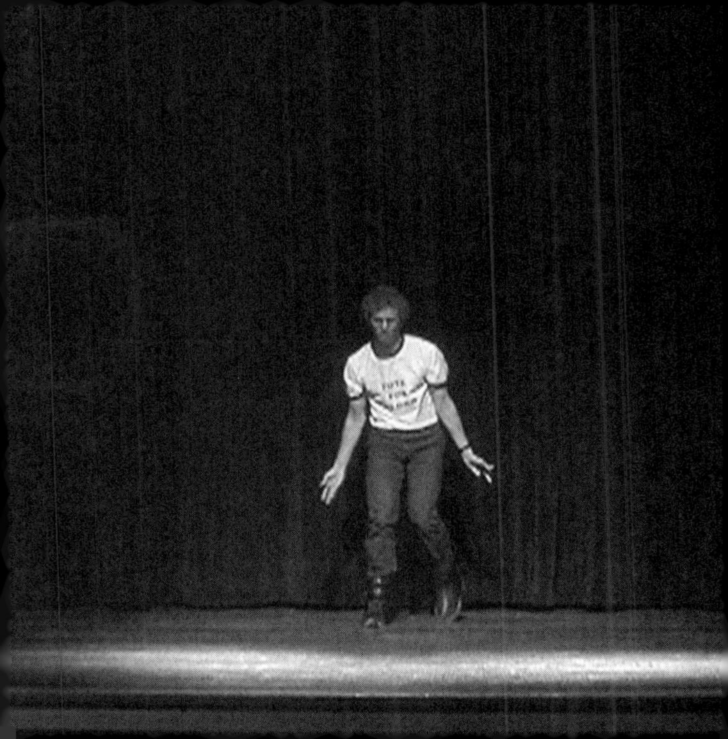

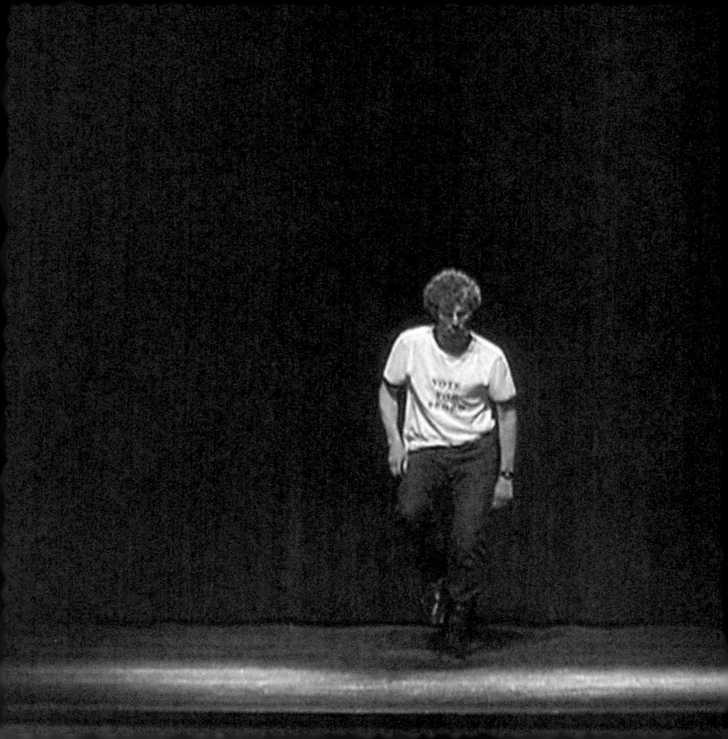

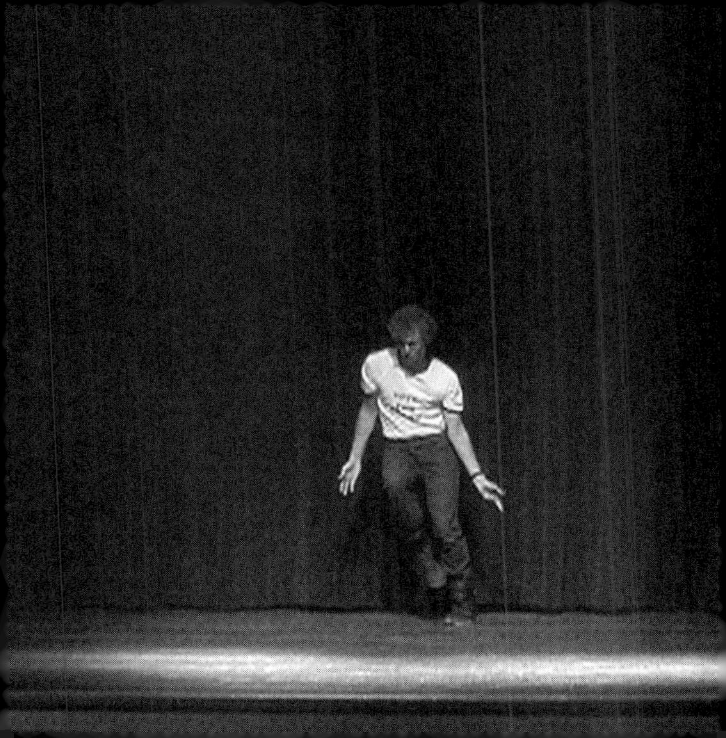

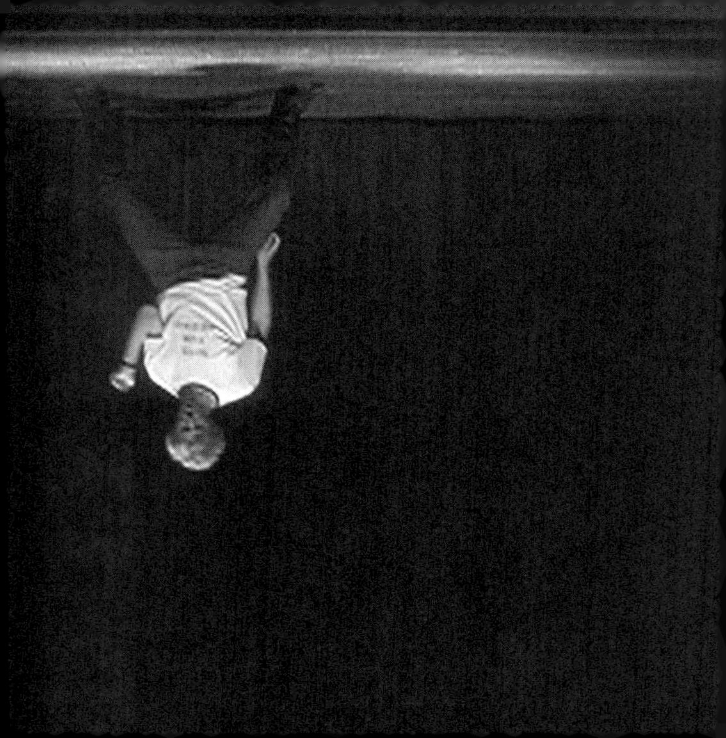

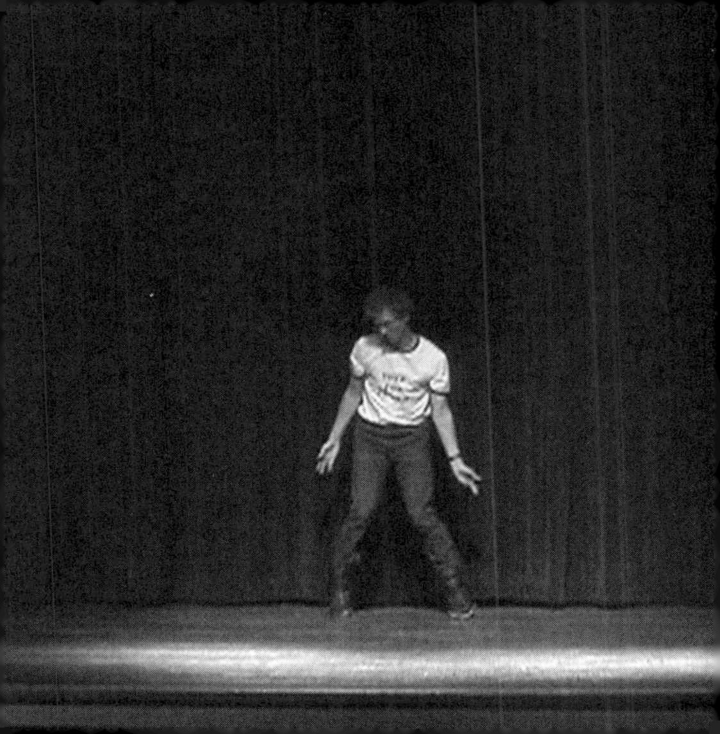

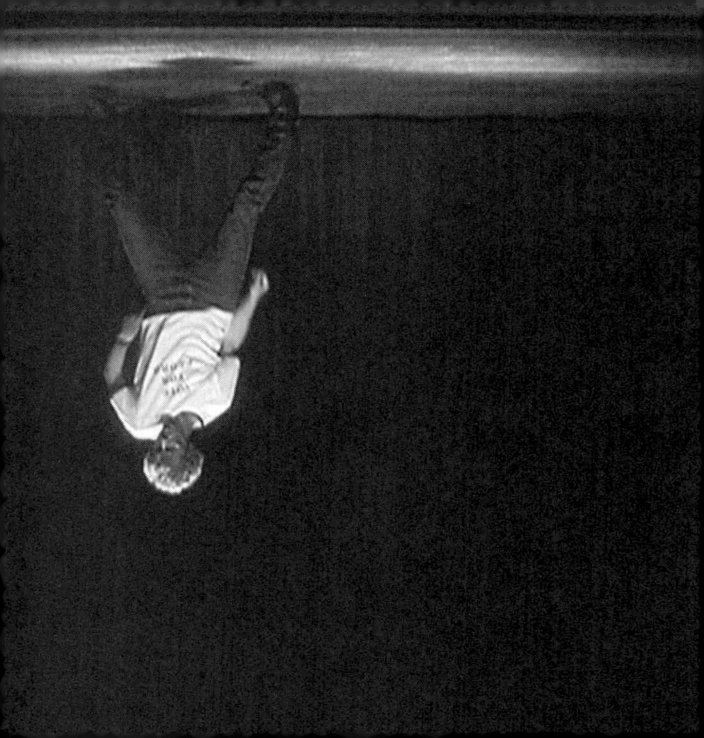

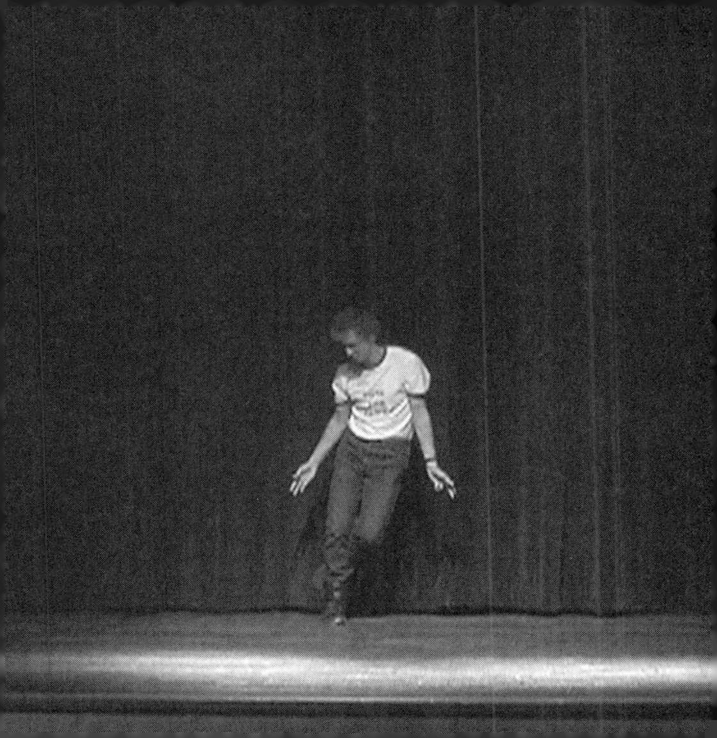

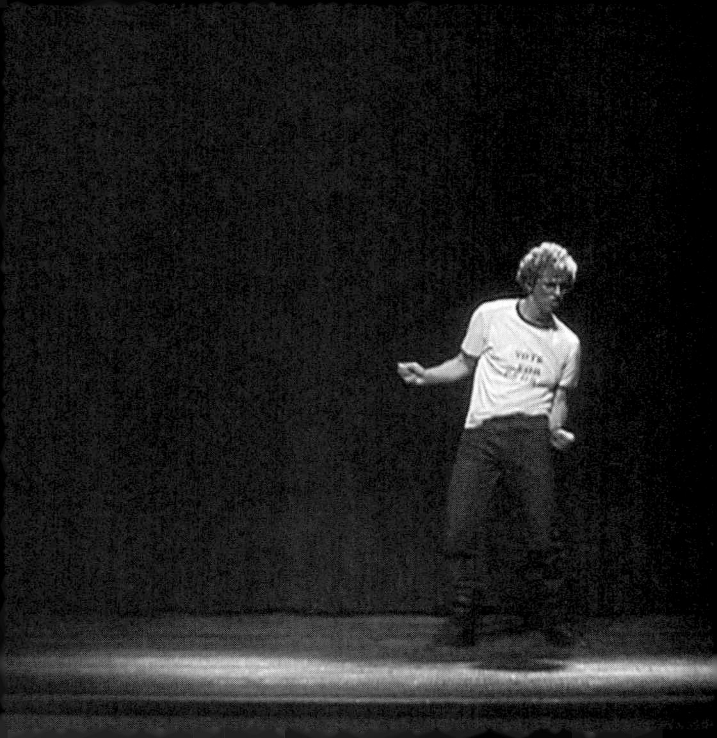

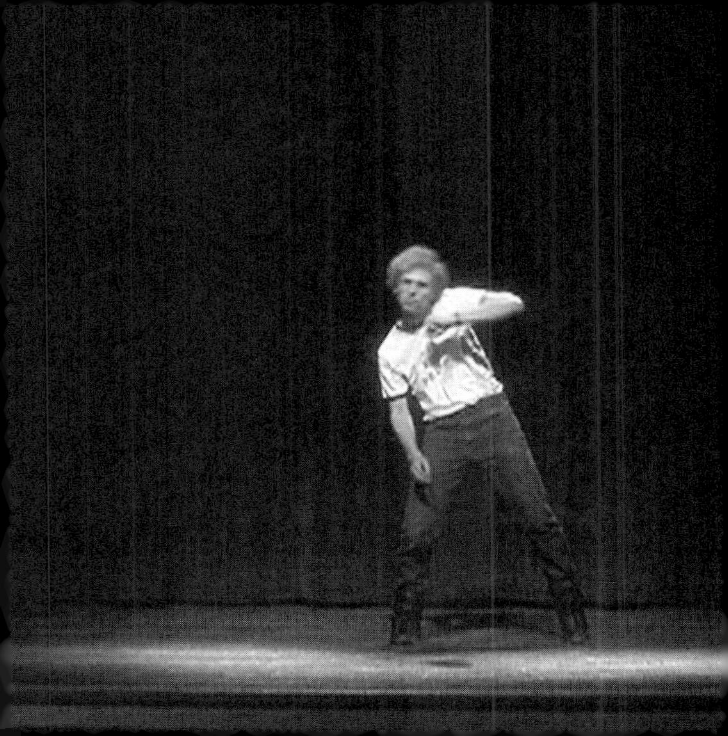

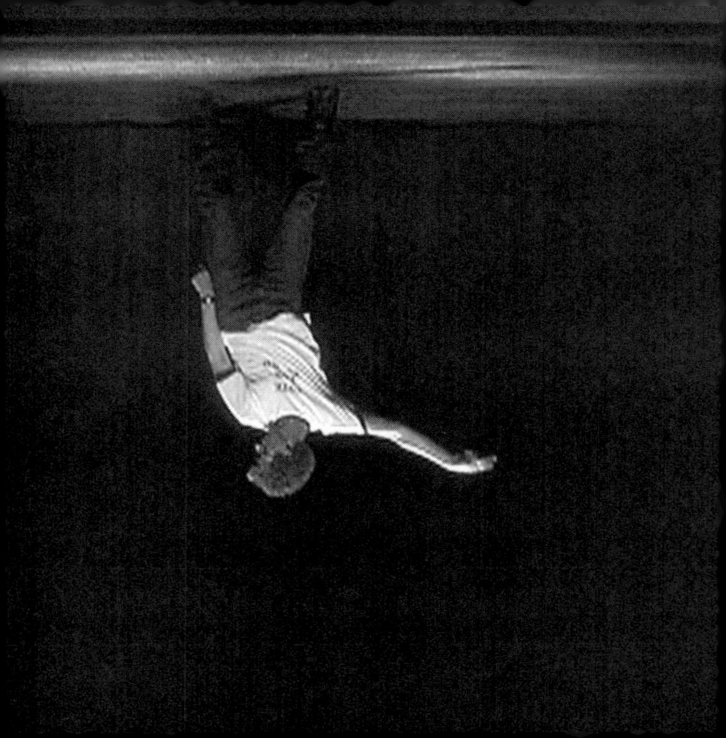

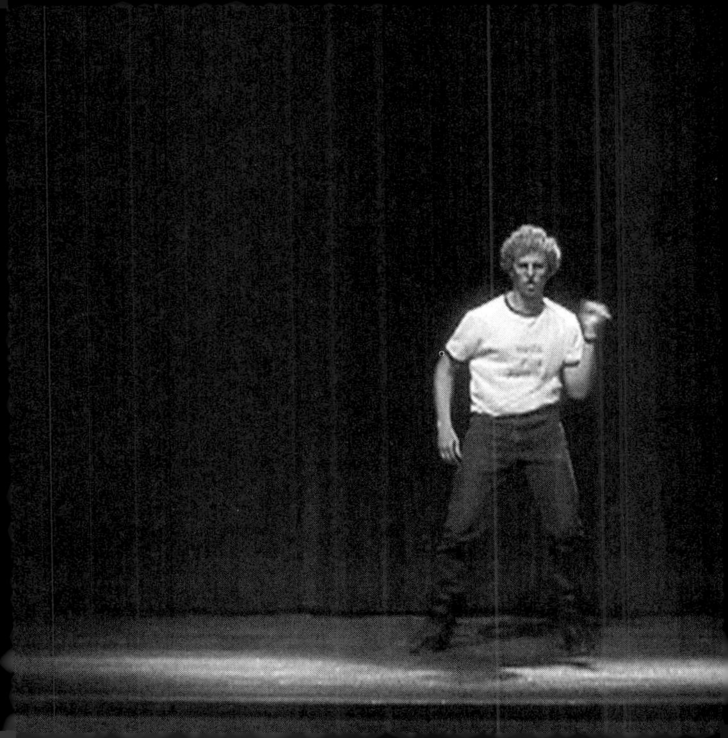

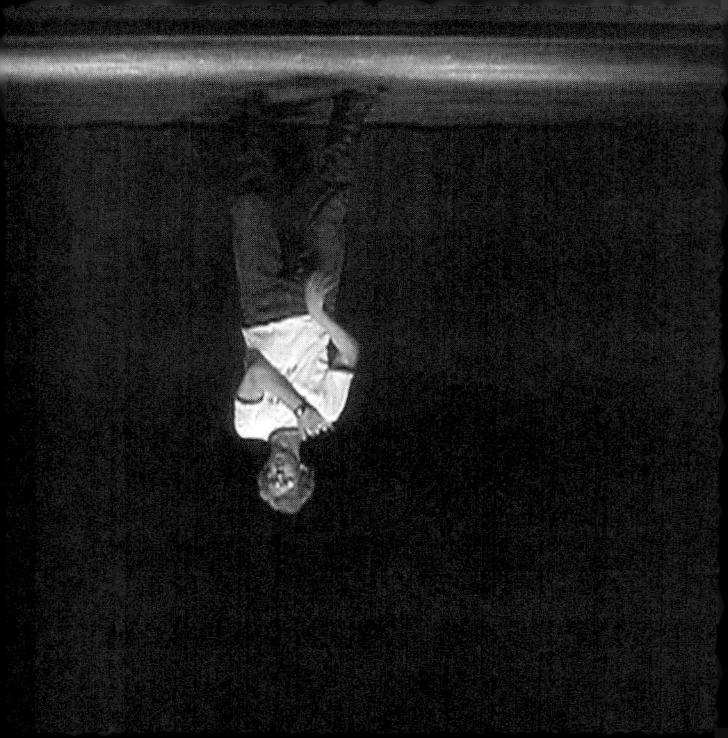

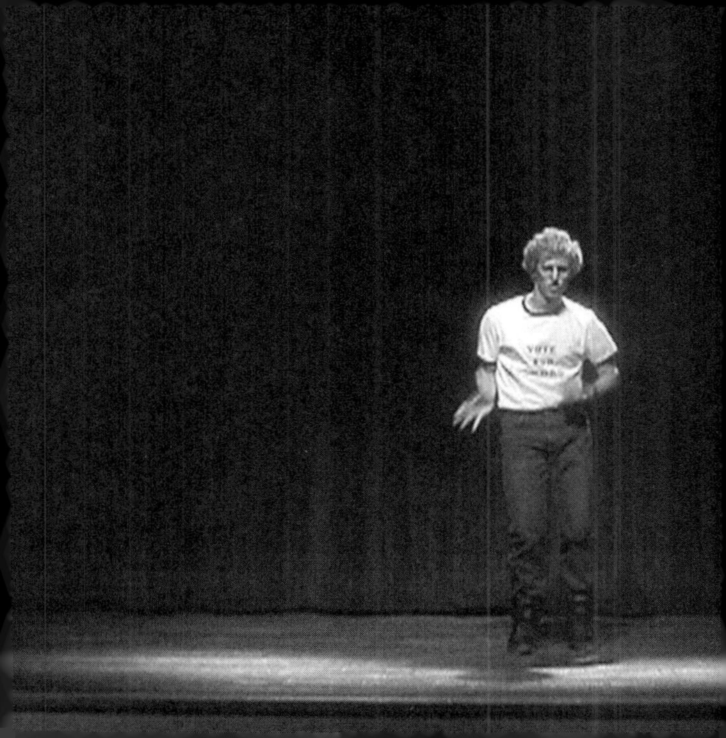

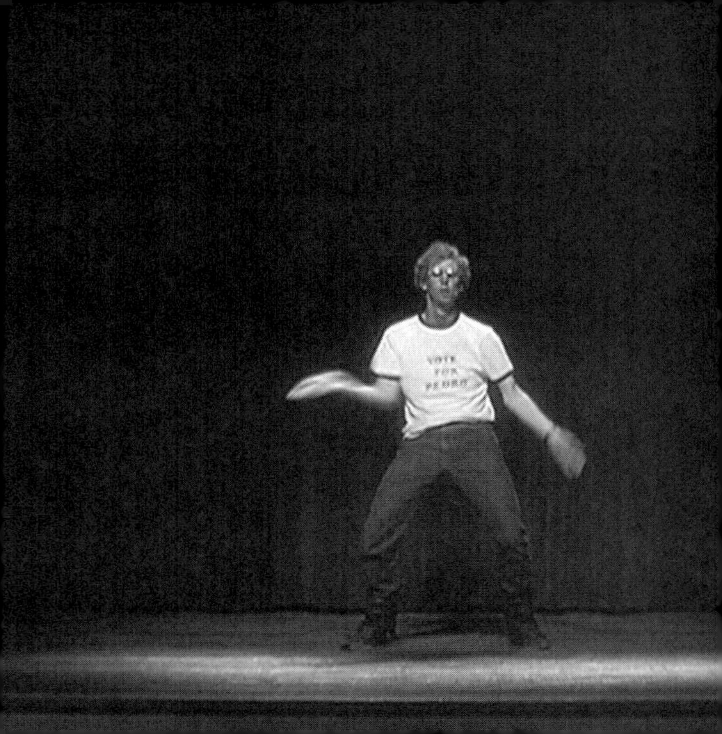

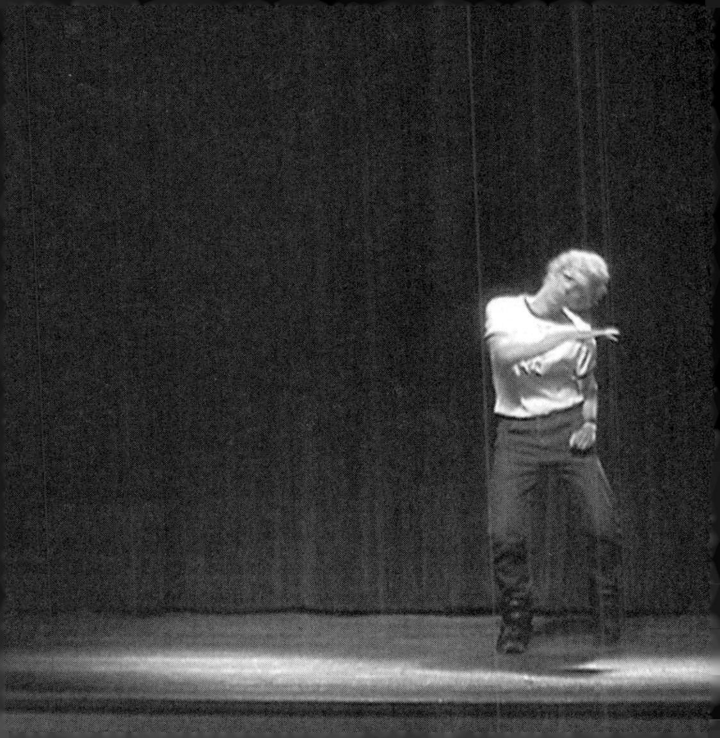

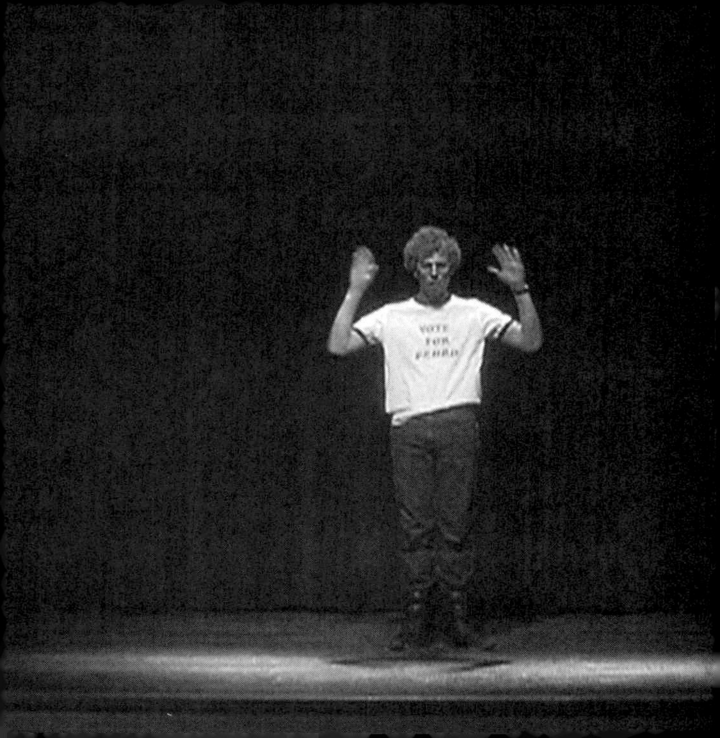

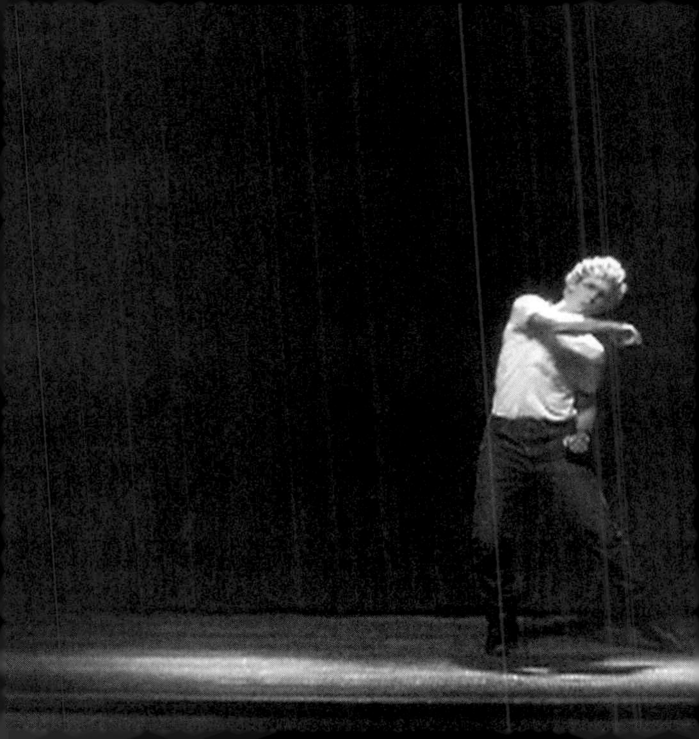

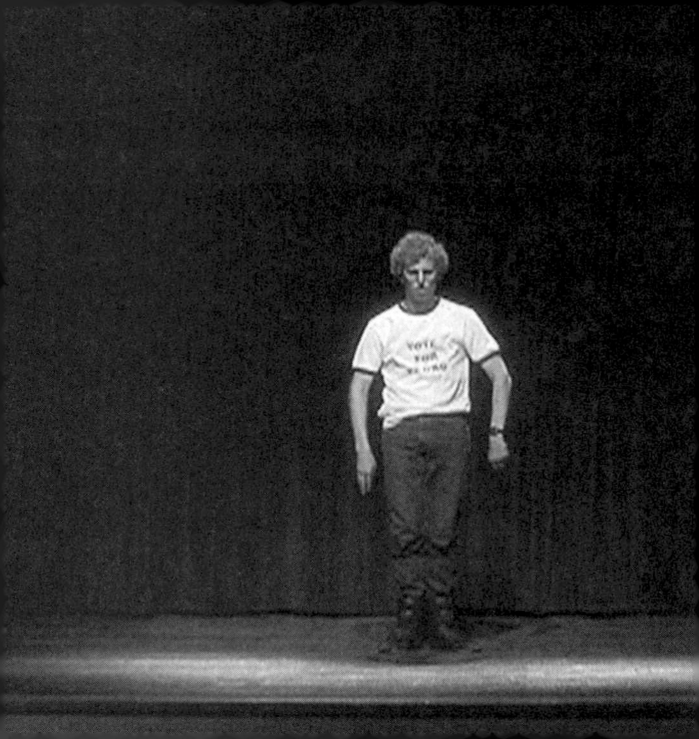

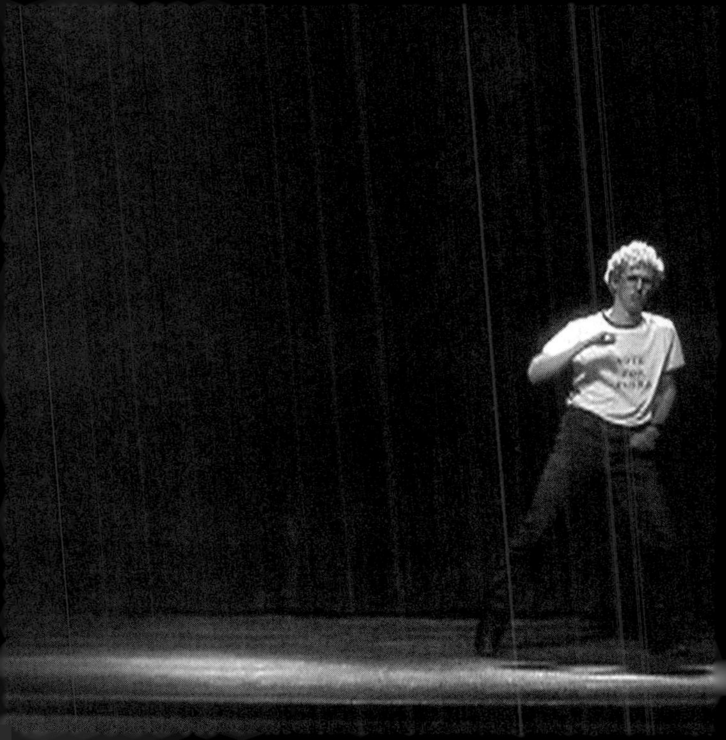

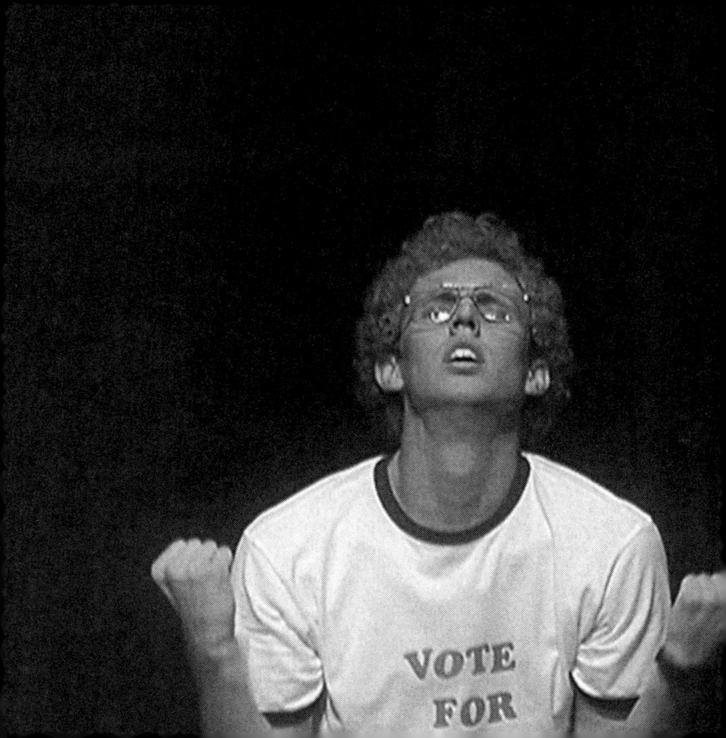
VOTE
FOR

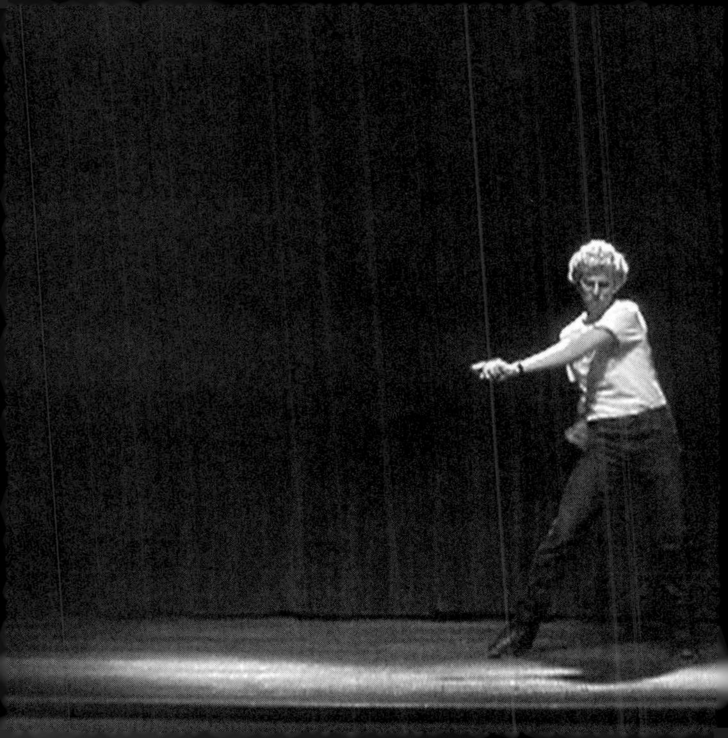

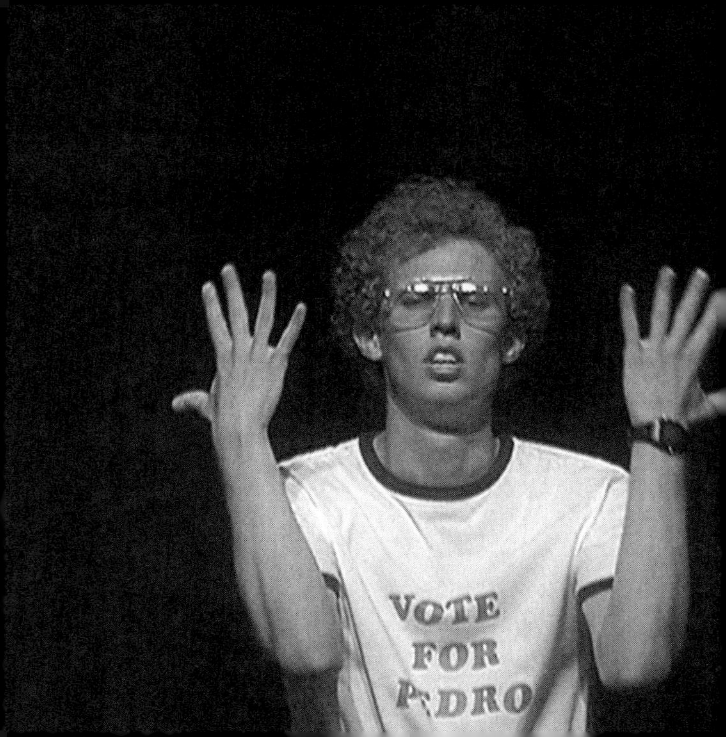
VOTE
FOR

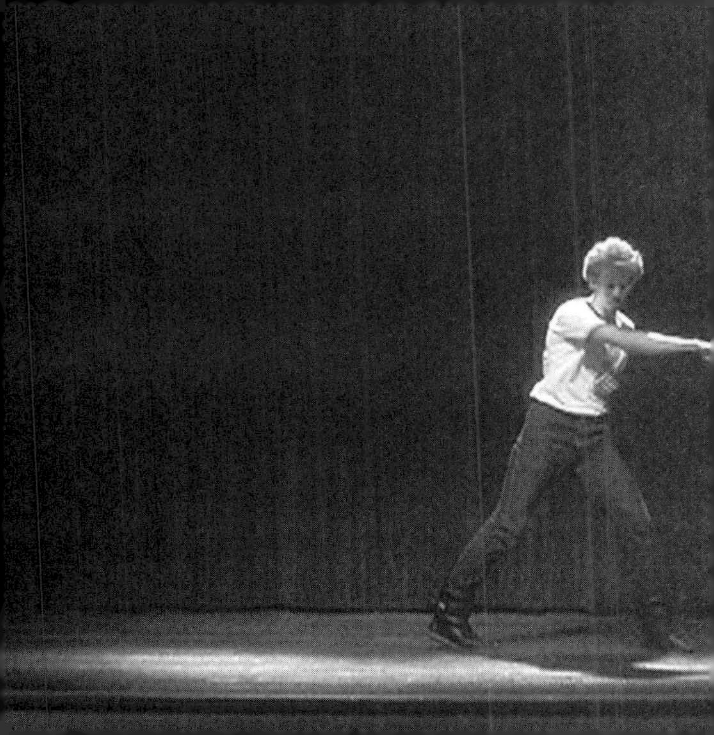

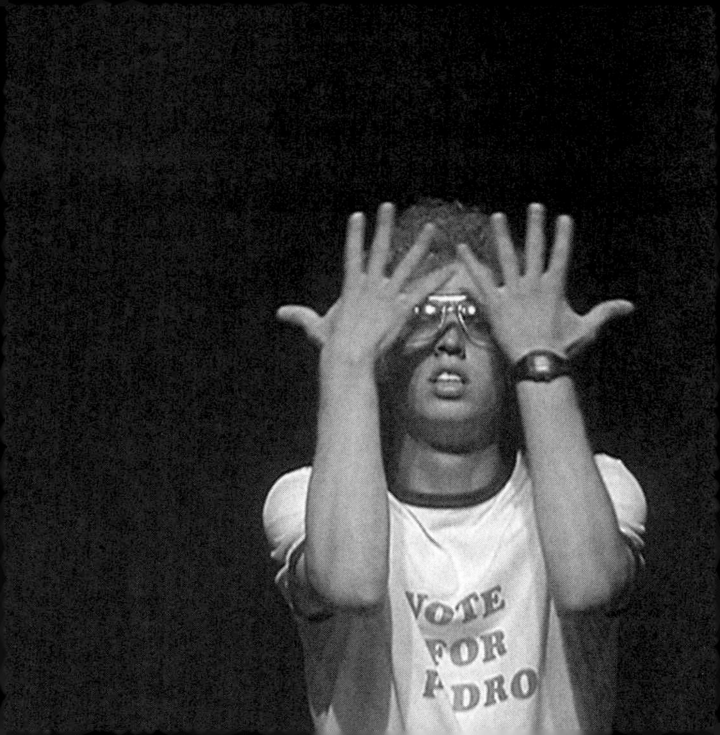
VOTE
FOR

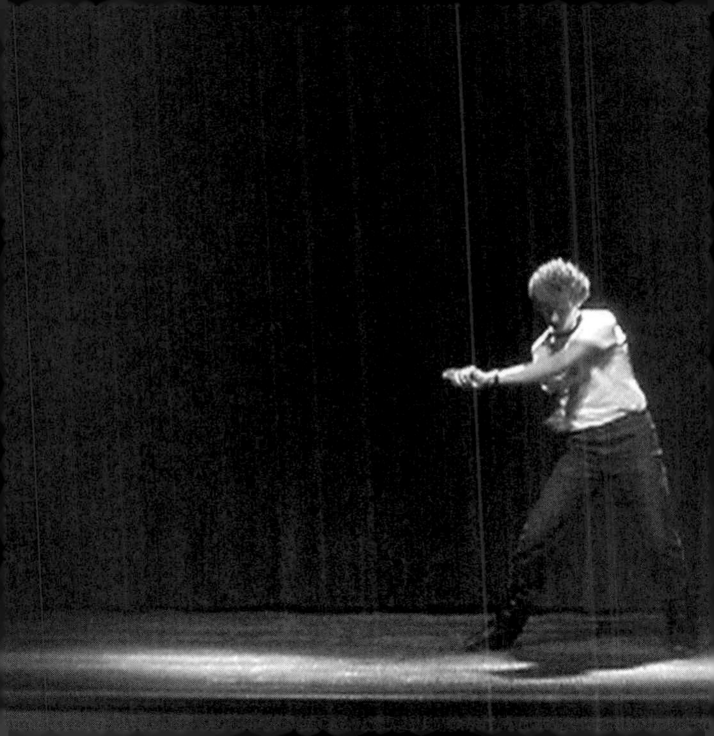

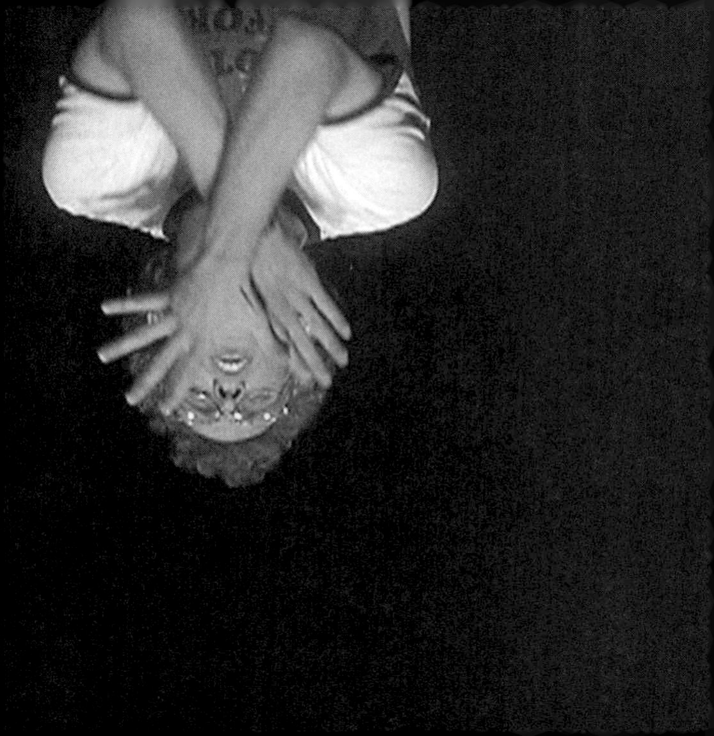

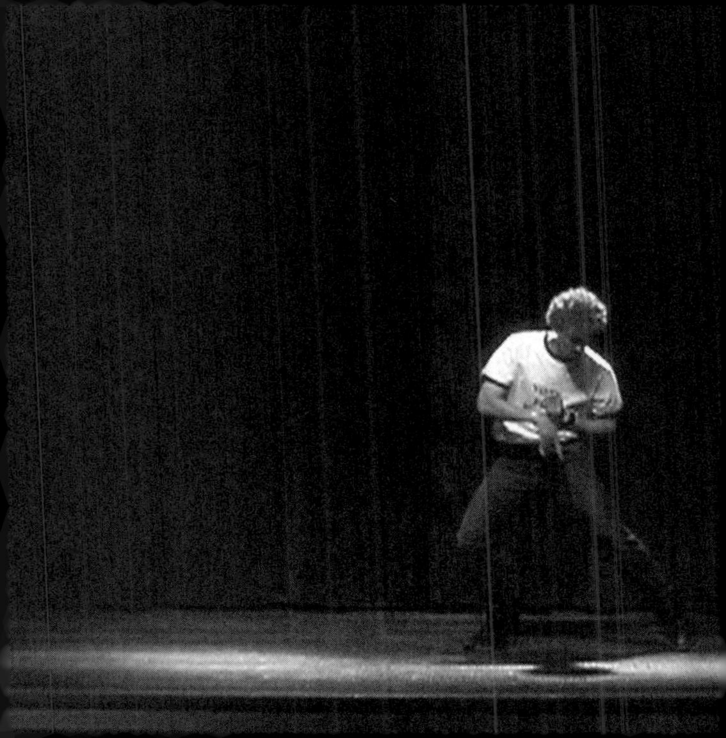

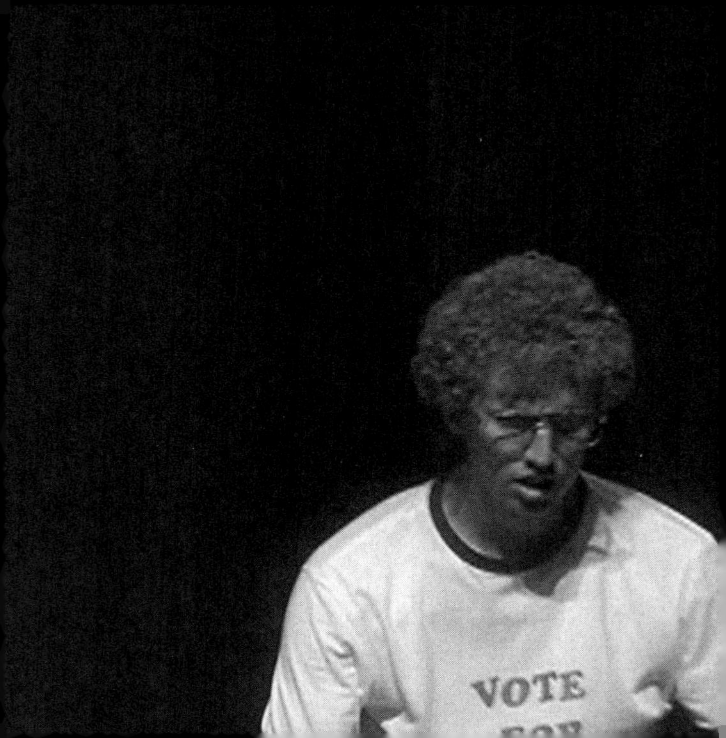
VOTE

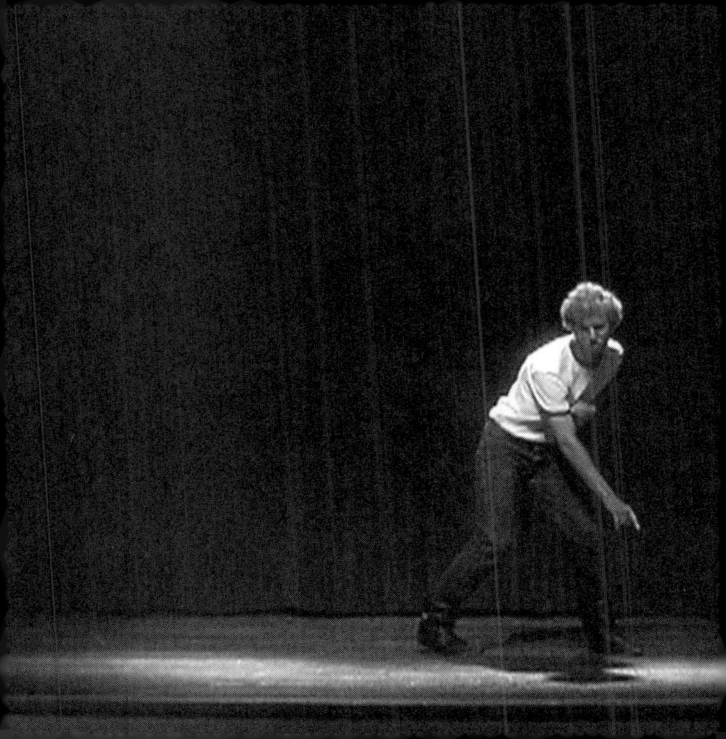

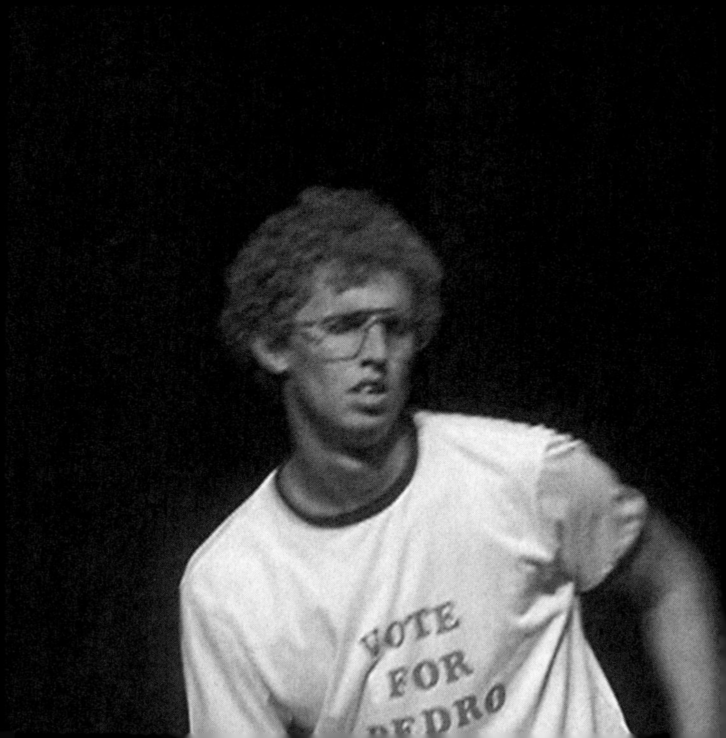
FOR

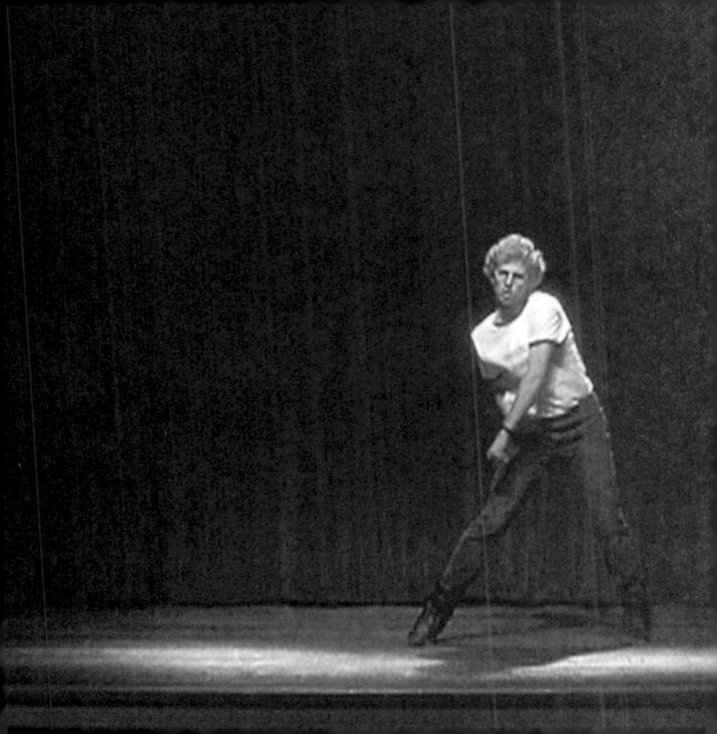

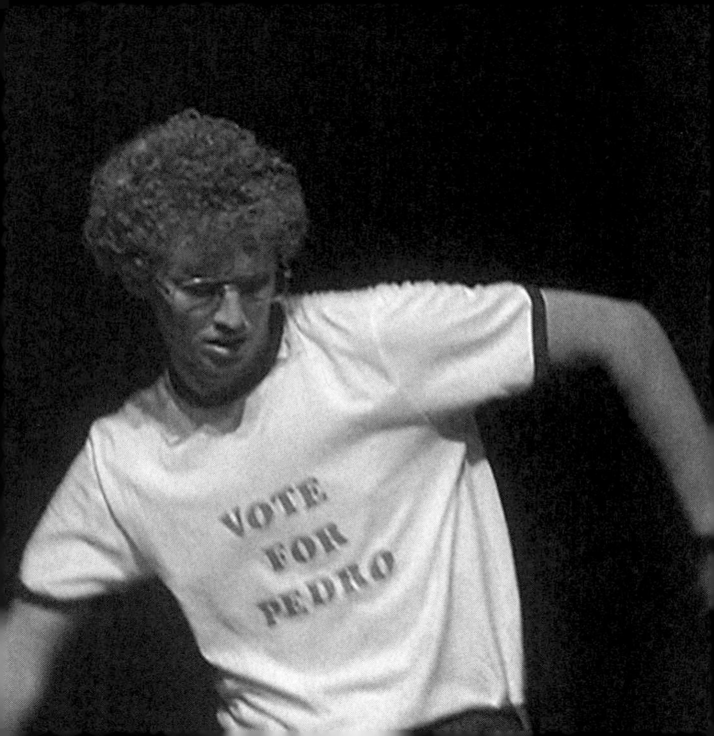
VOTE
FOR
PEDRO

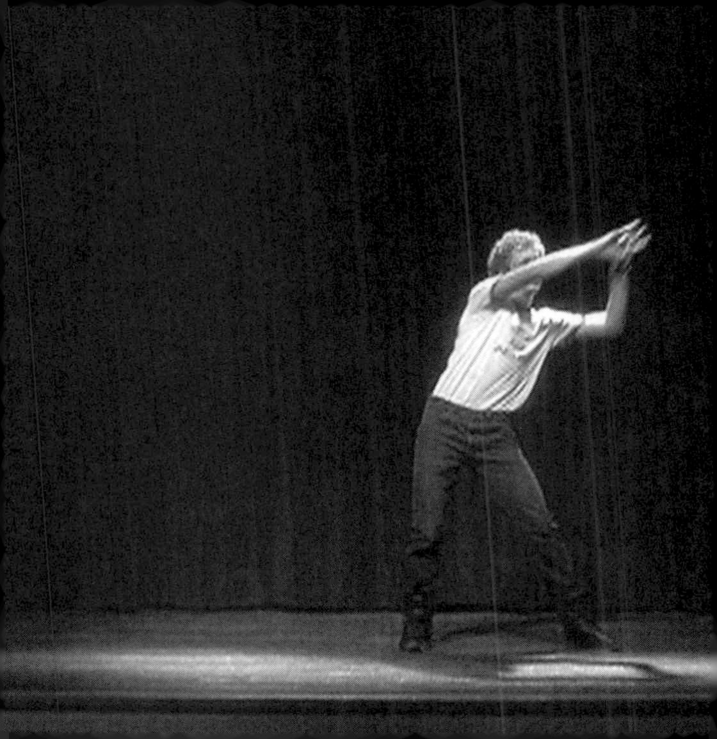

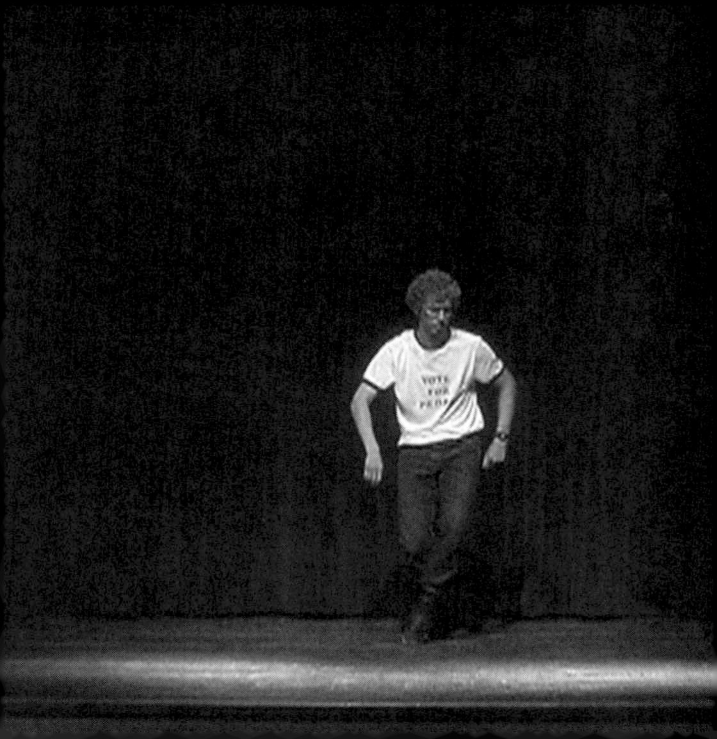

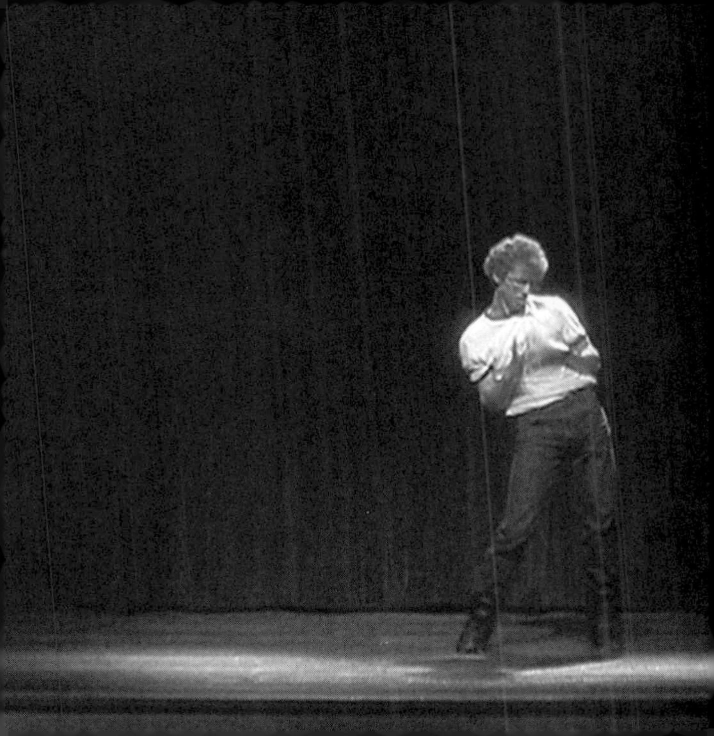

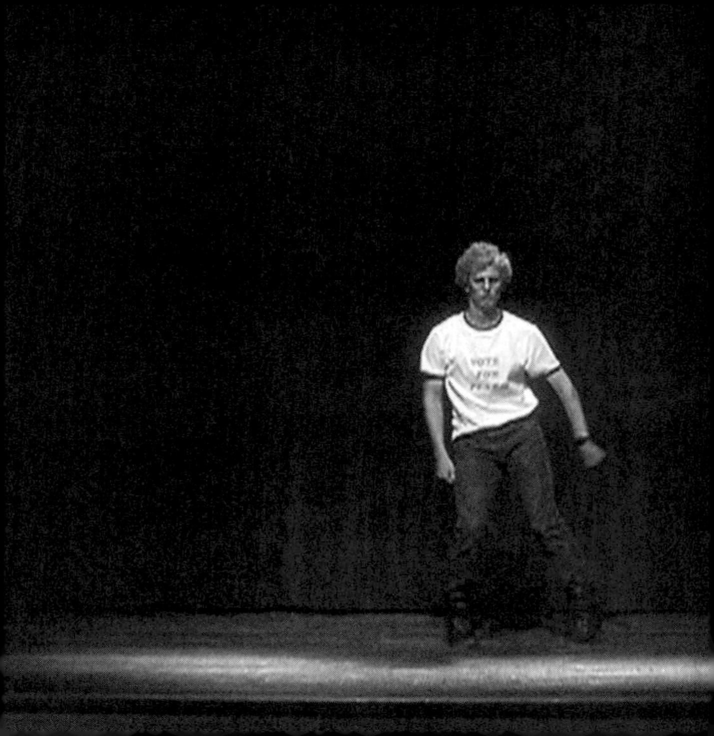

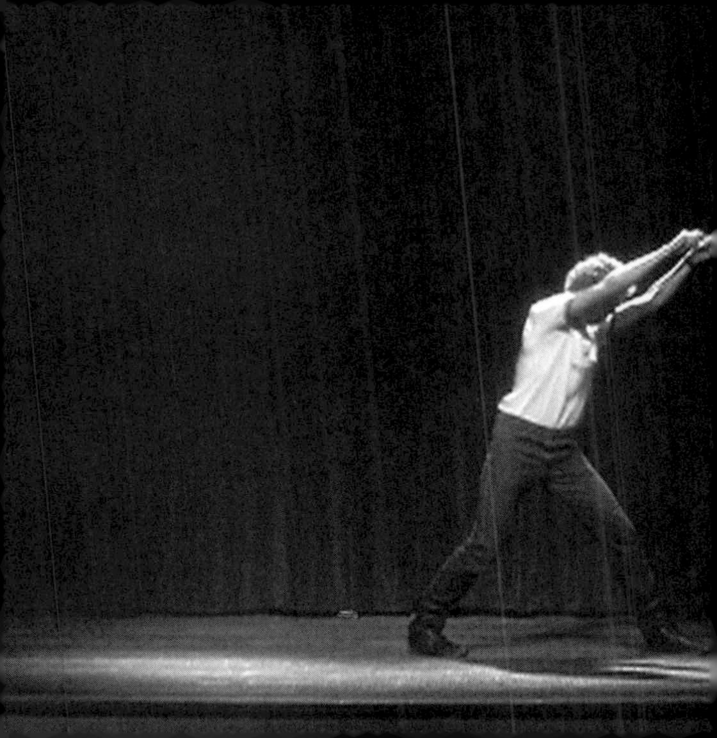

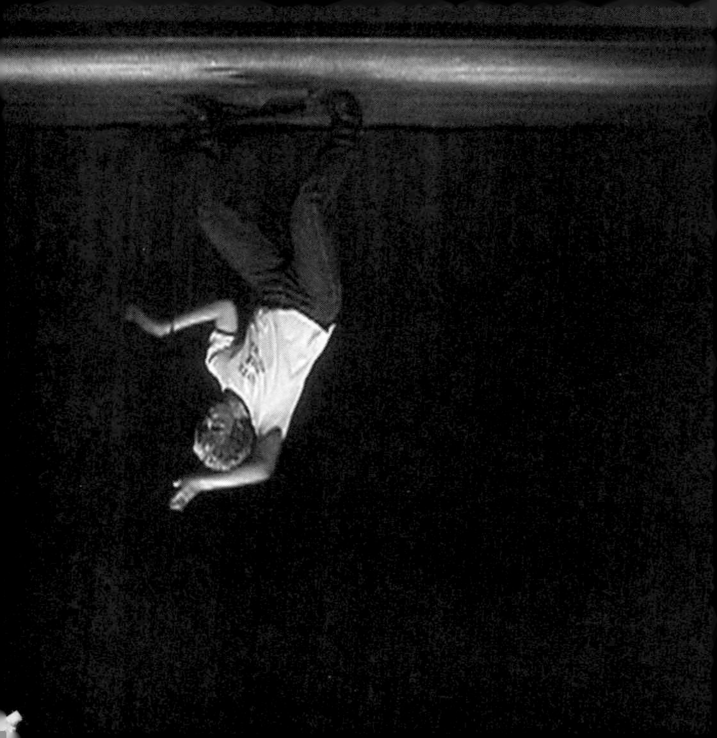

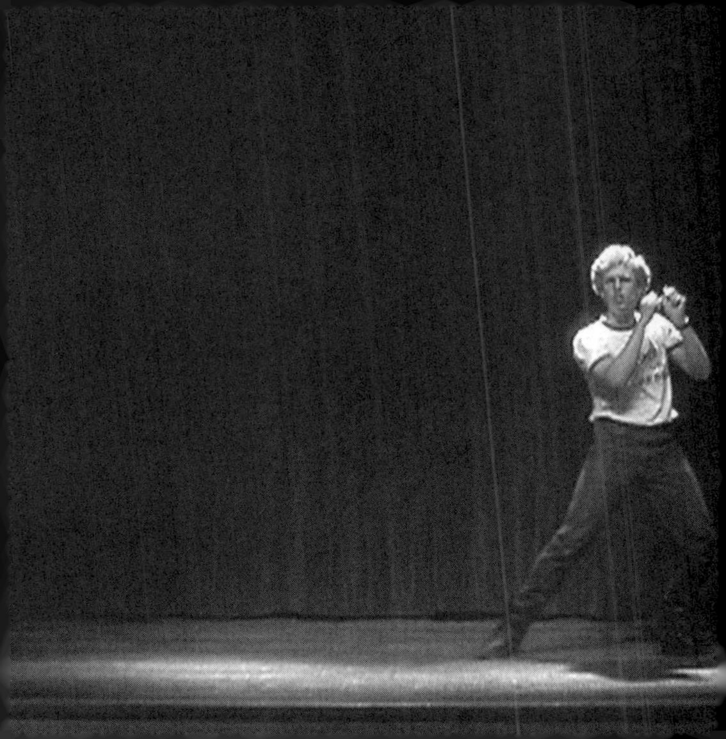

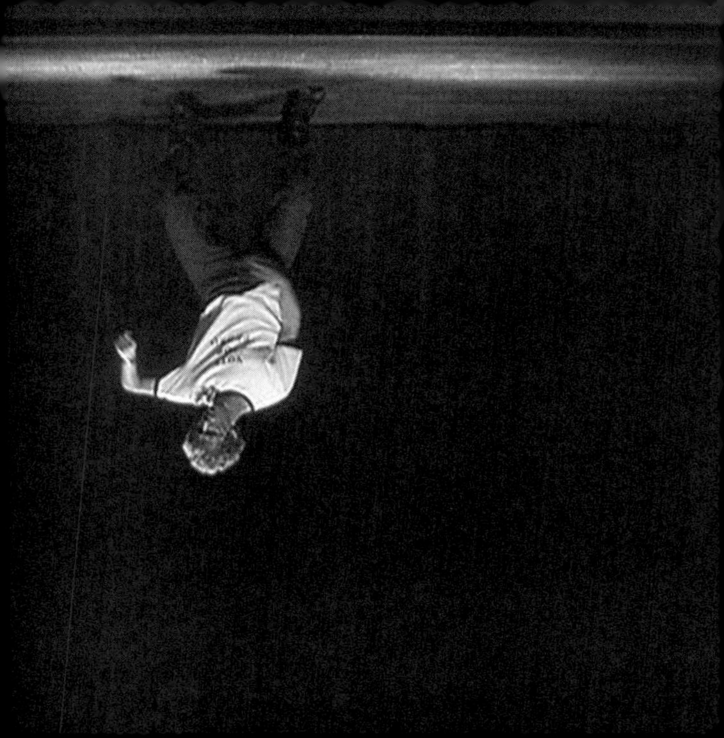

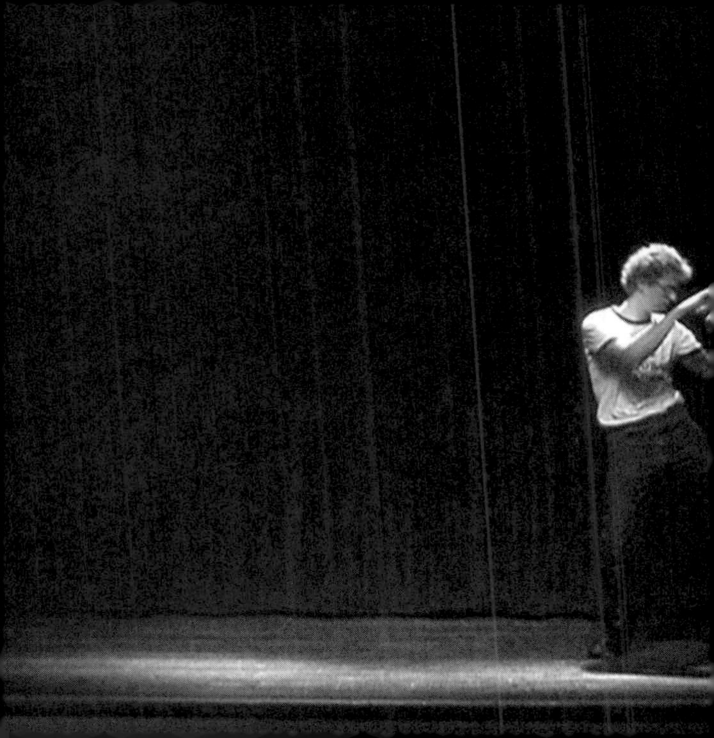

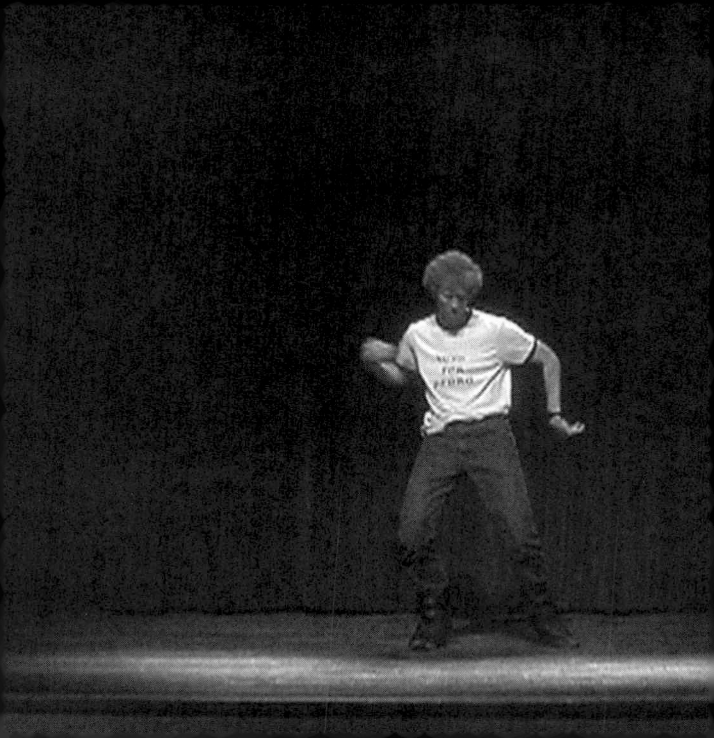

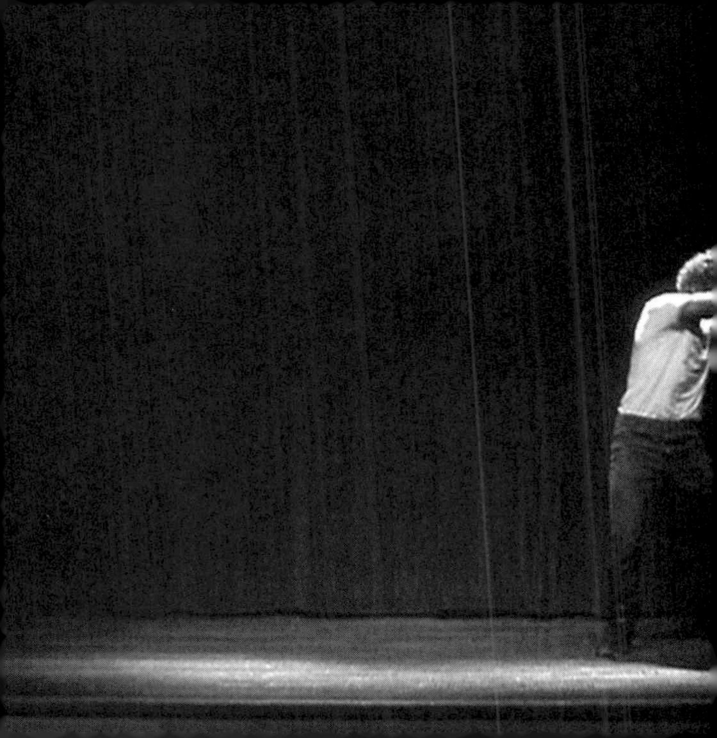

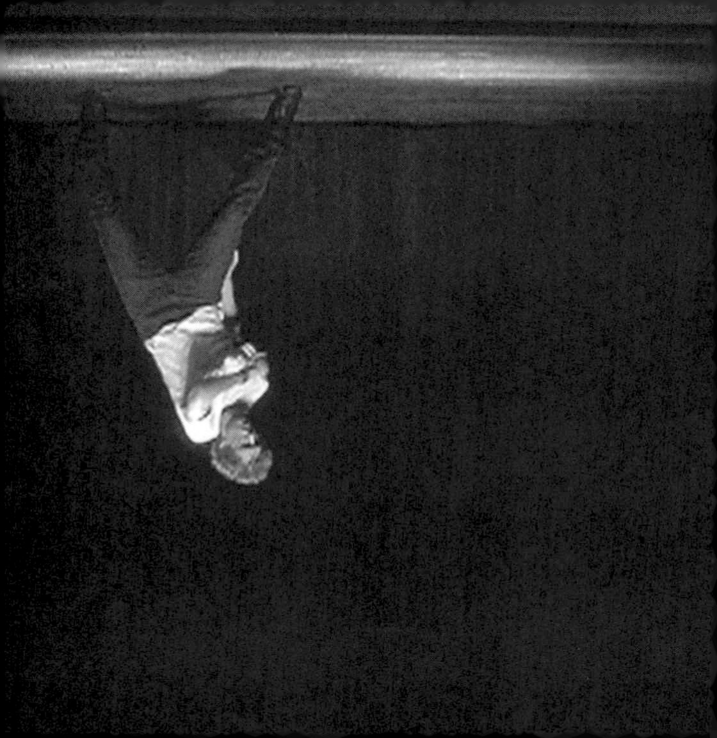

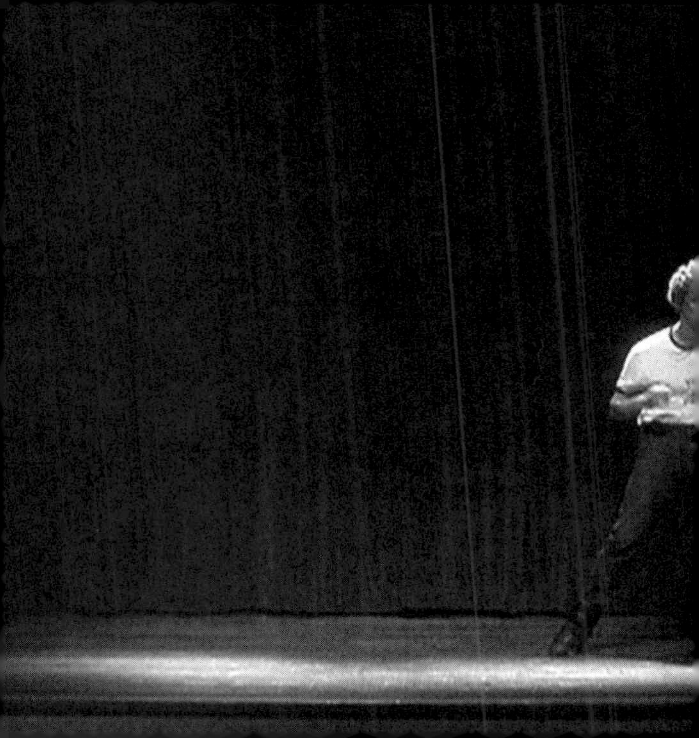

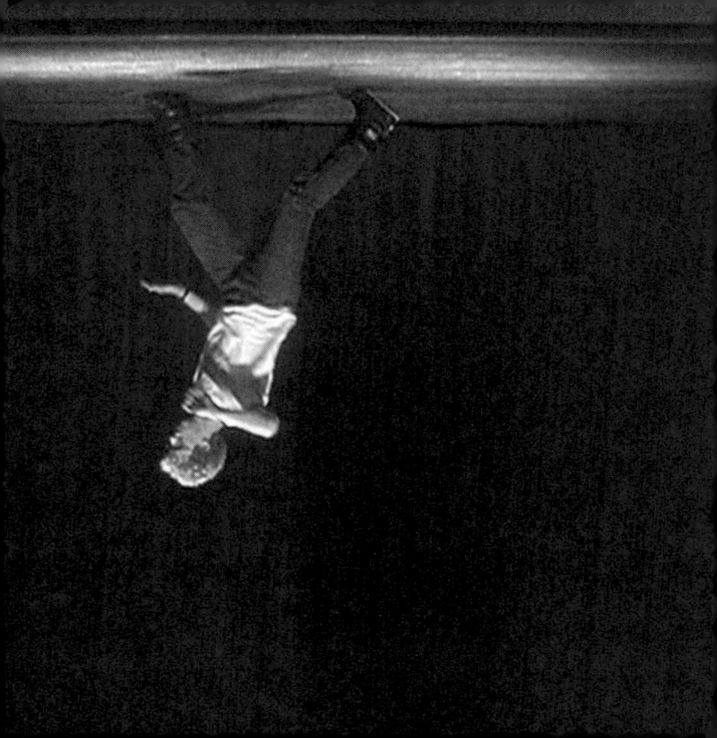

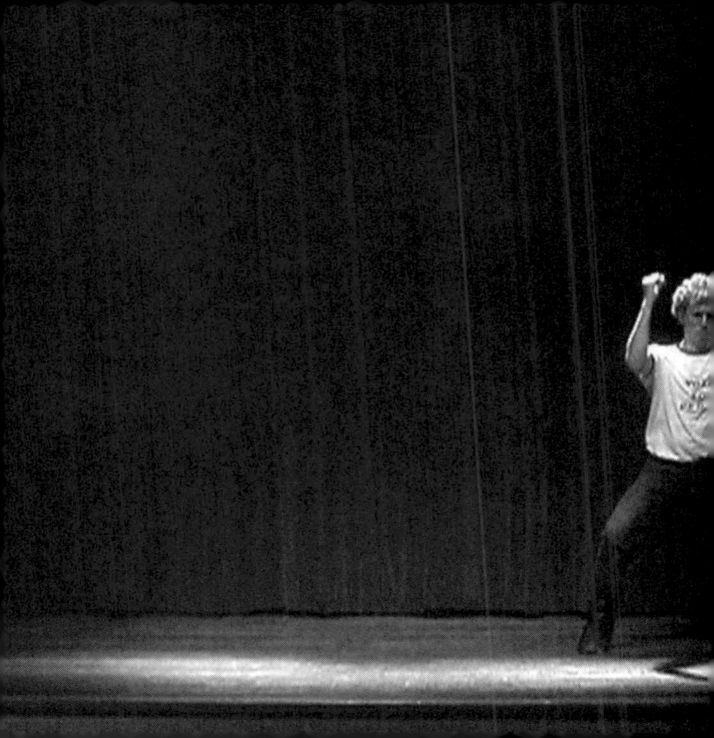

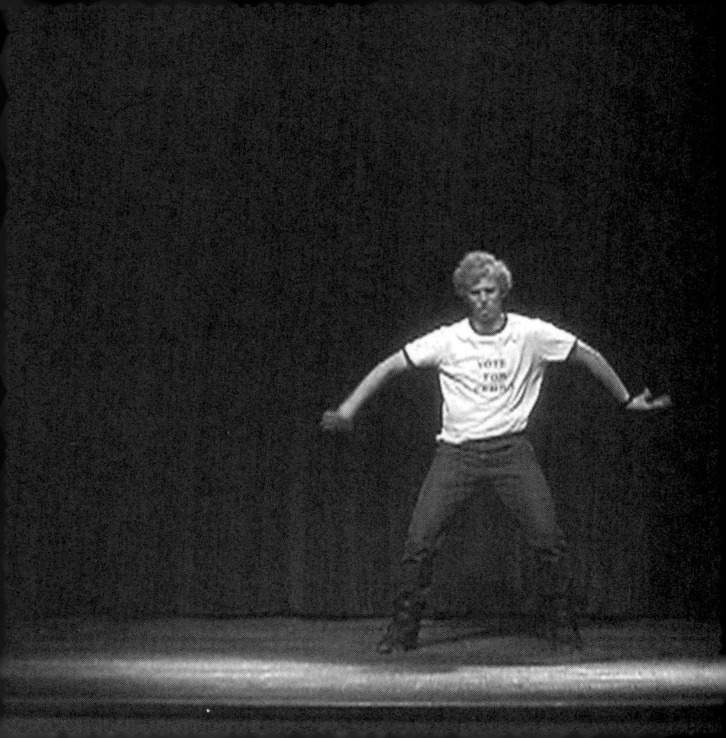
VOTE
FOR

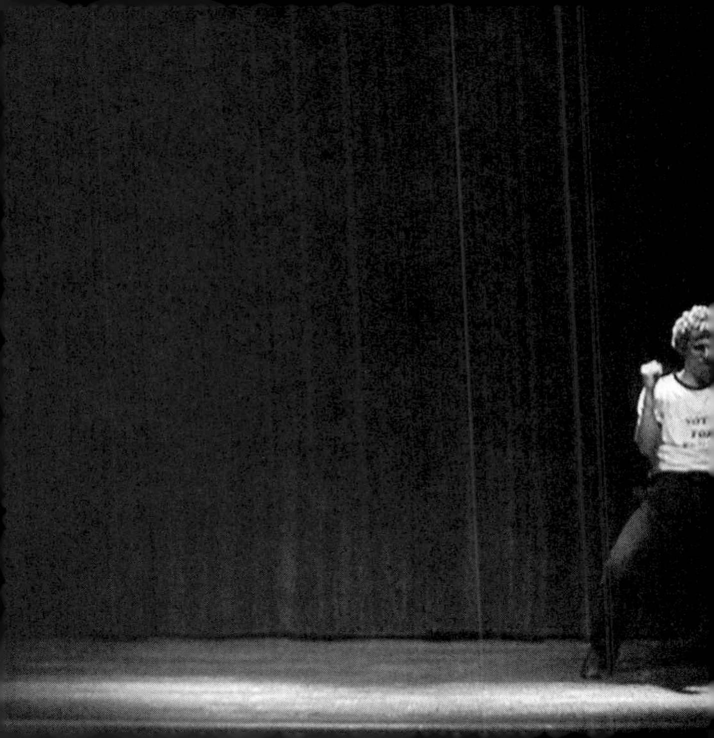

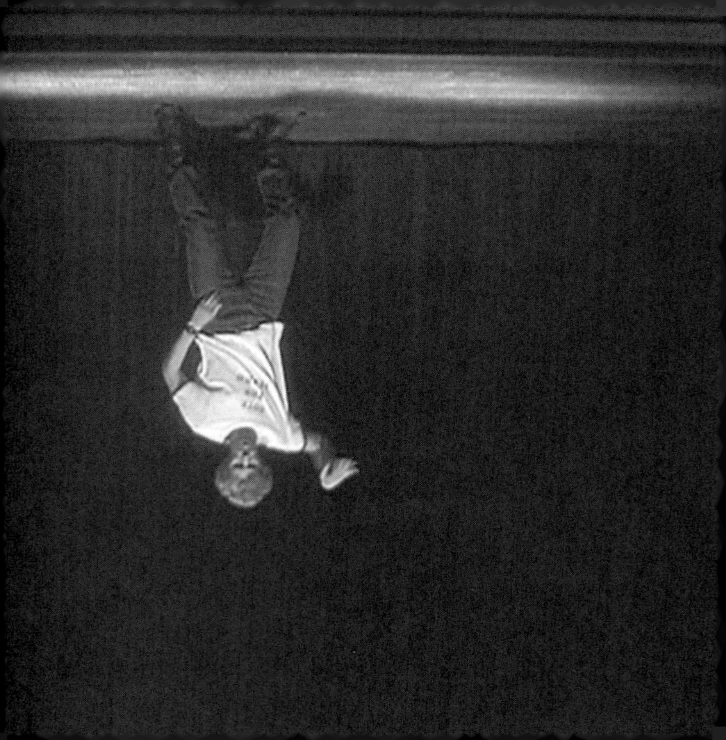

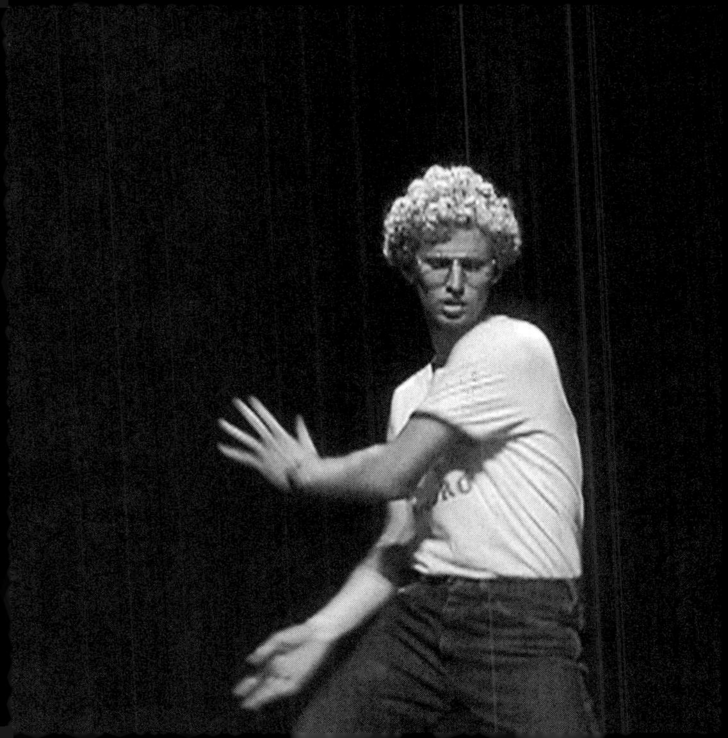

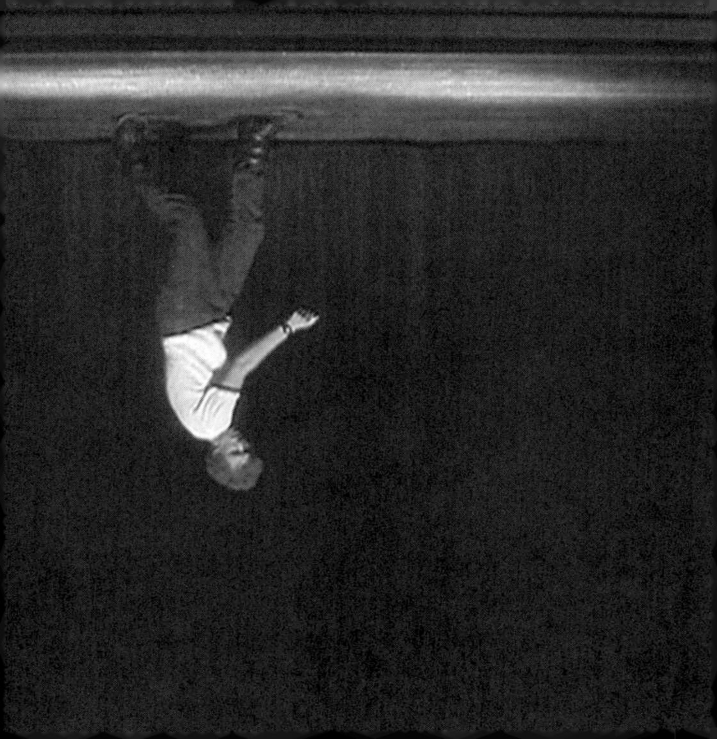

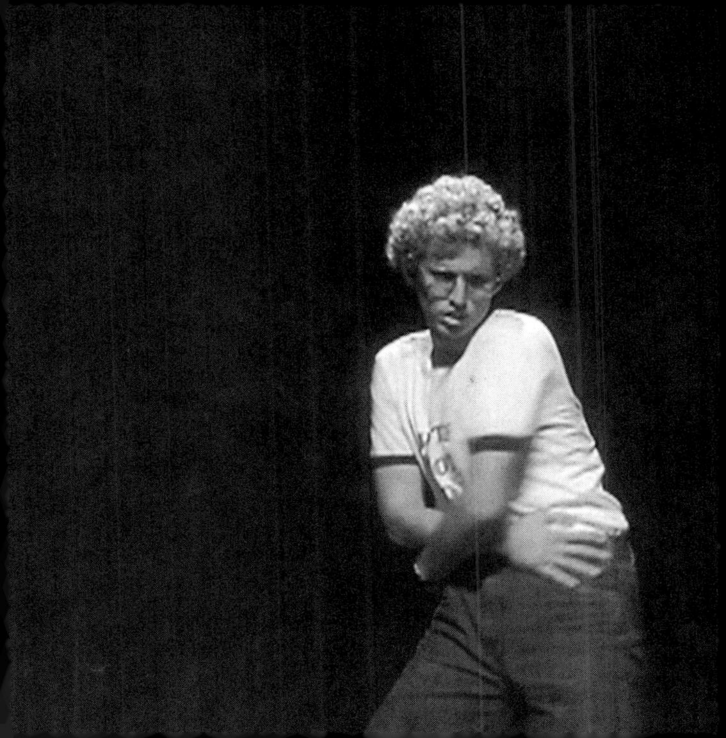

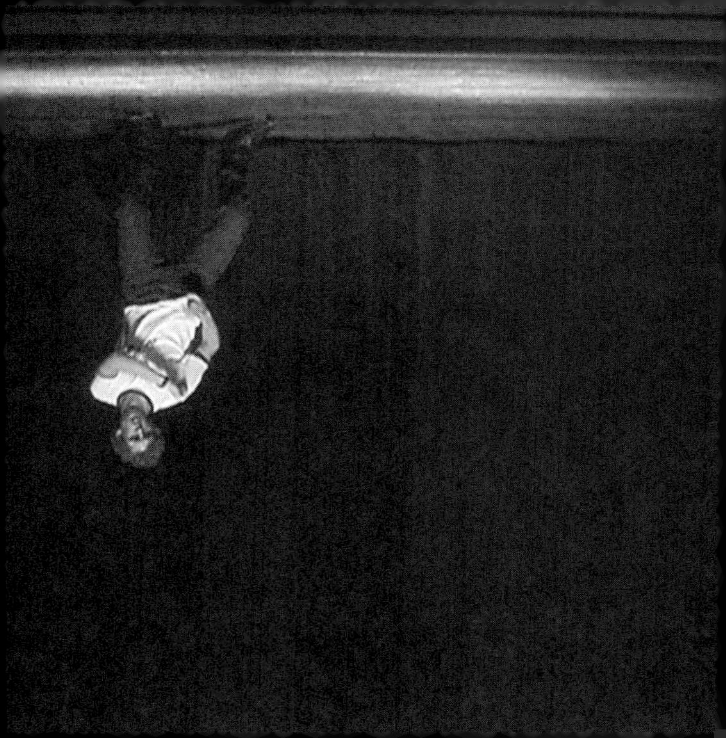

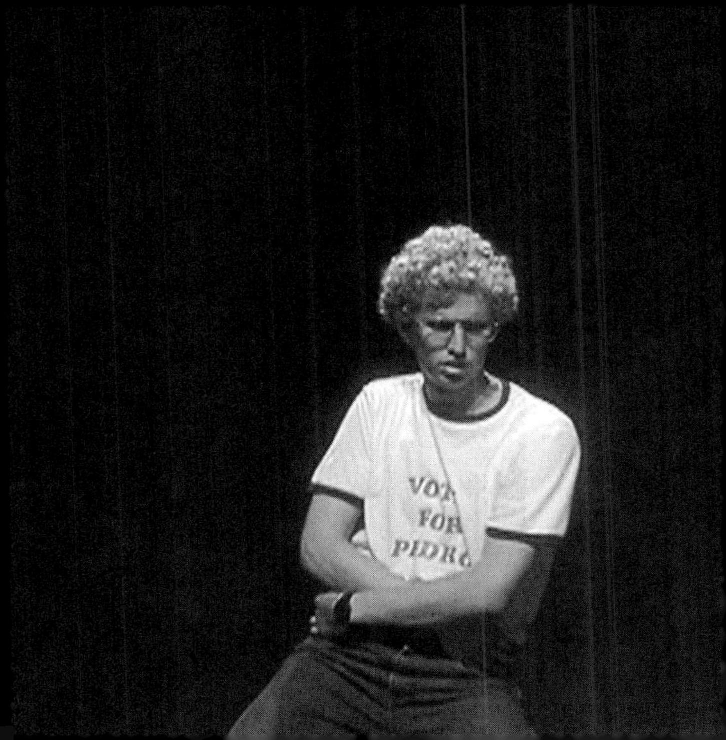

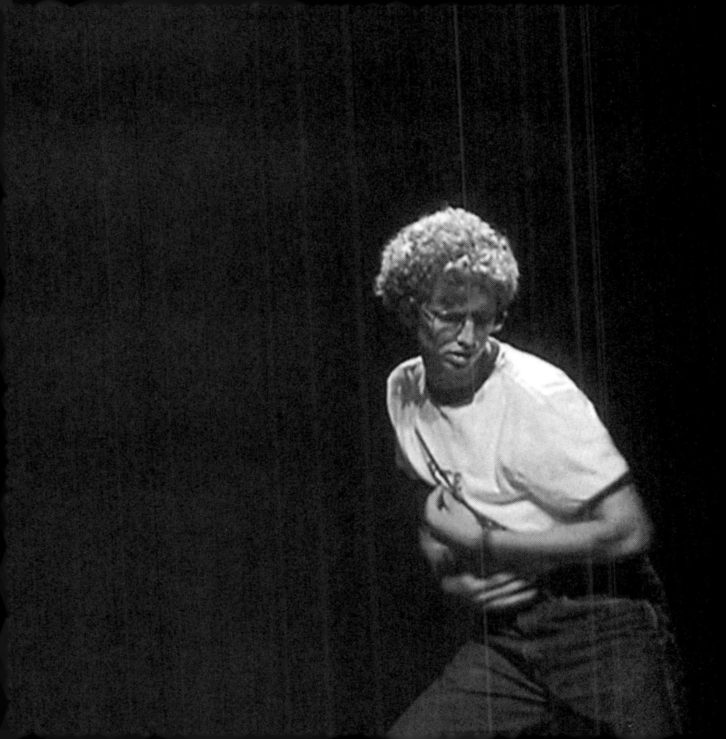

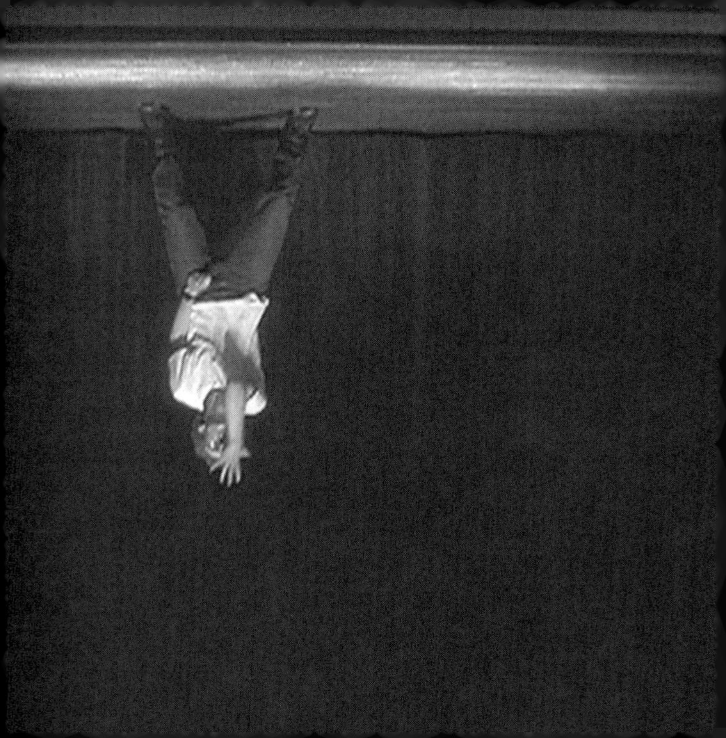

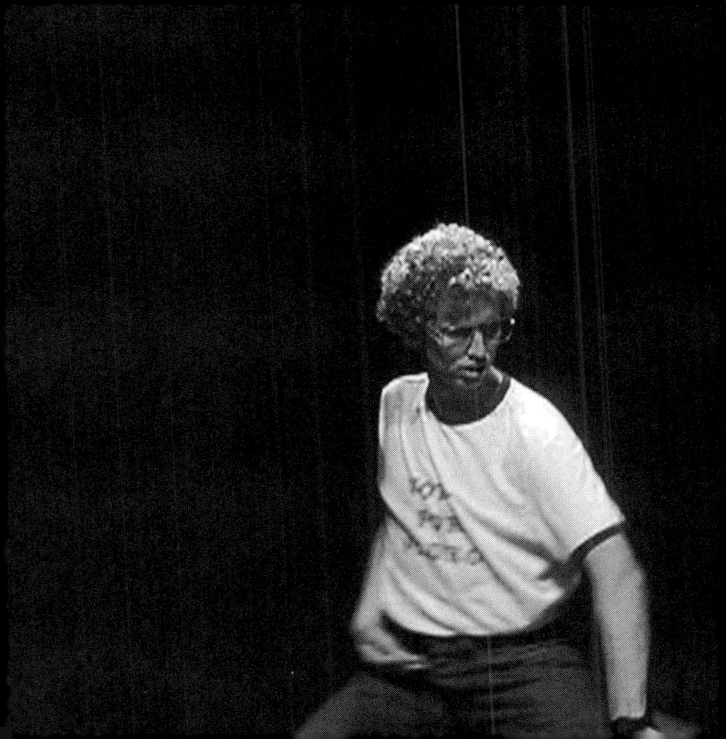

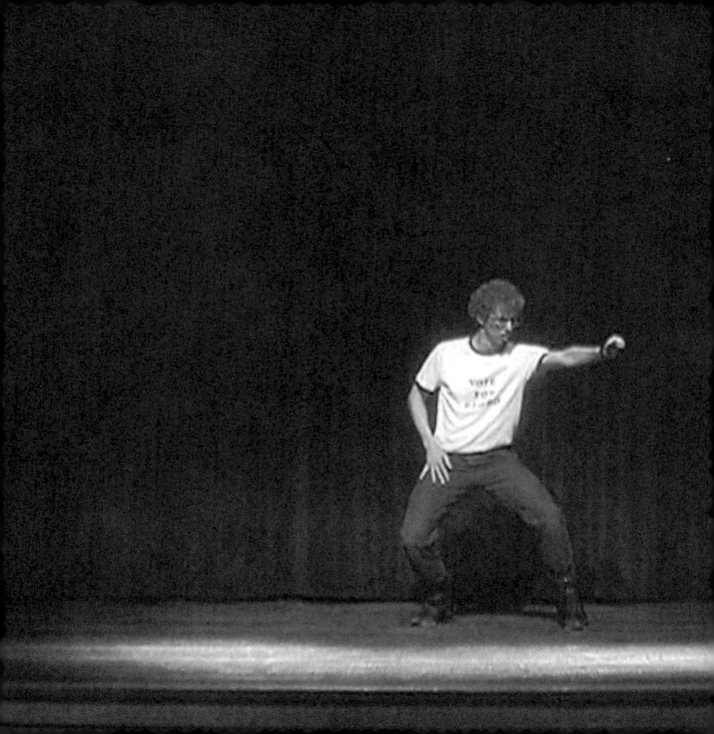

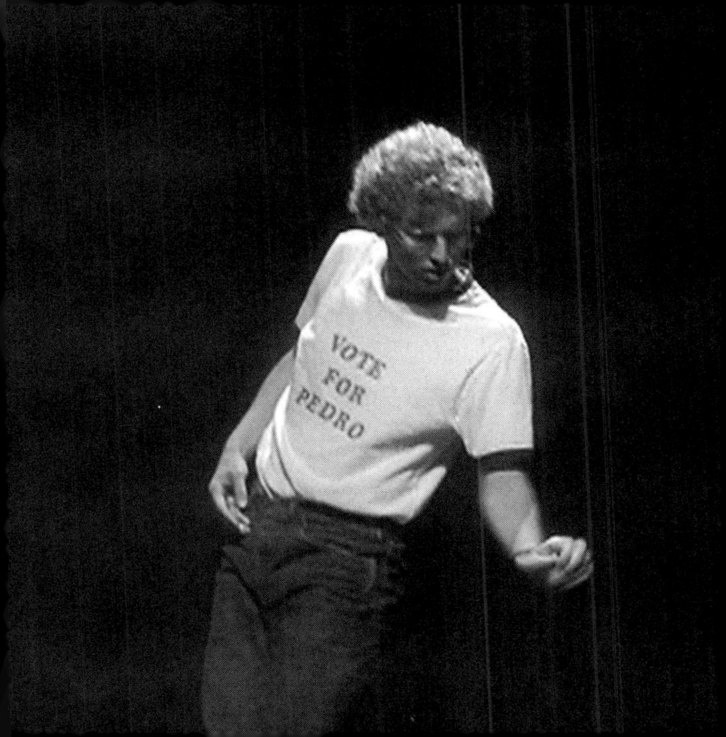
VOTE
FOR
PEDRO

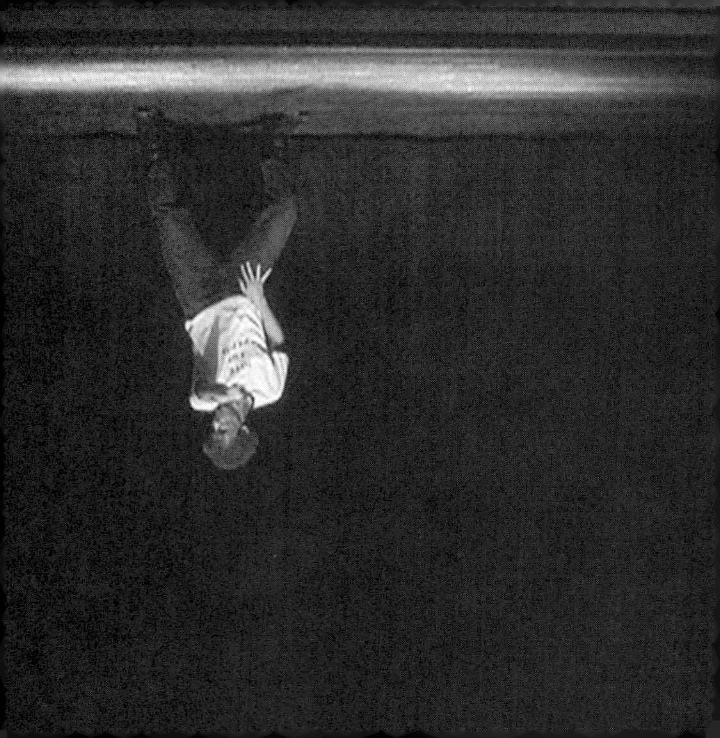

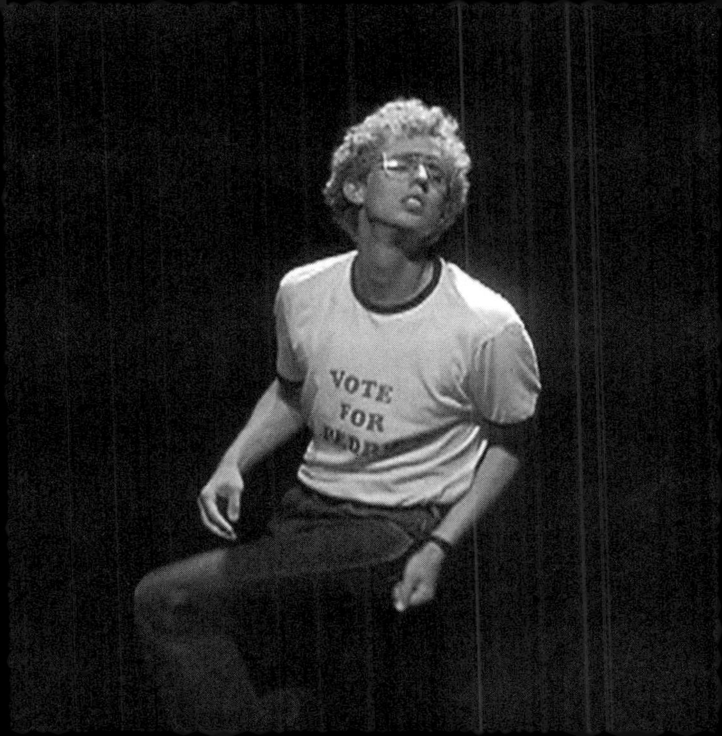
VOTE
FOR

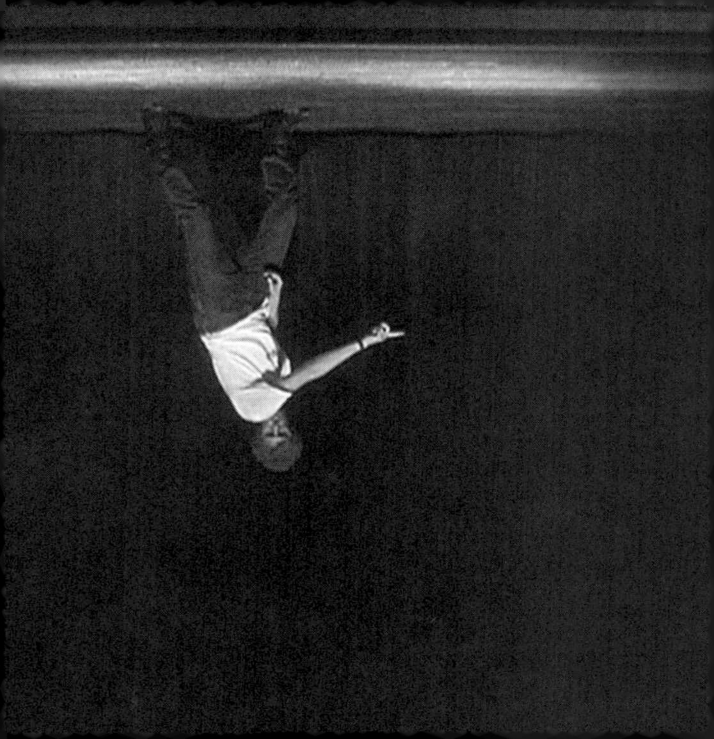

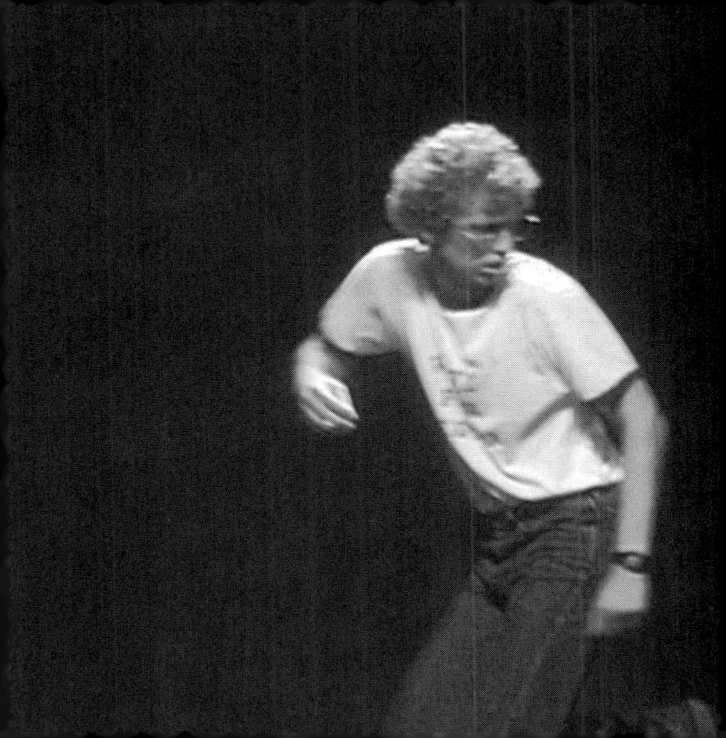

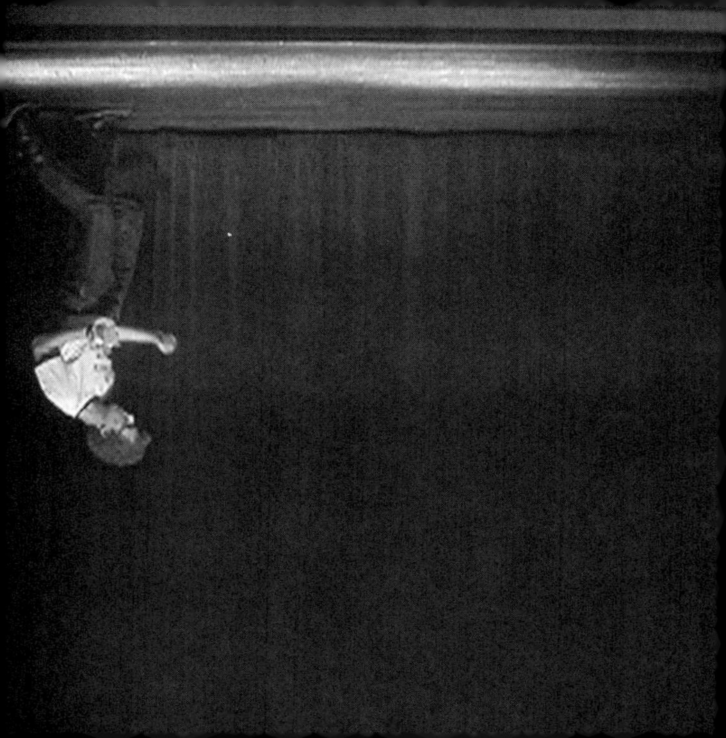

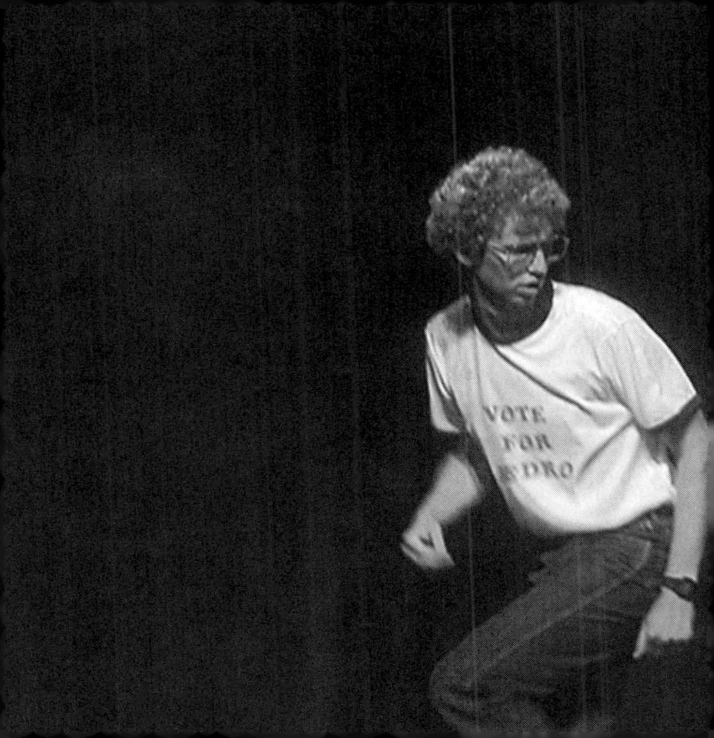
VOTE
FOR

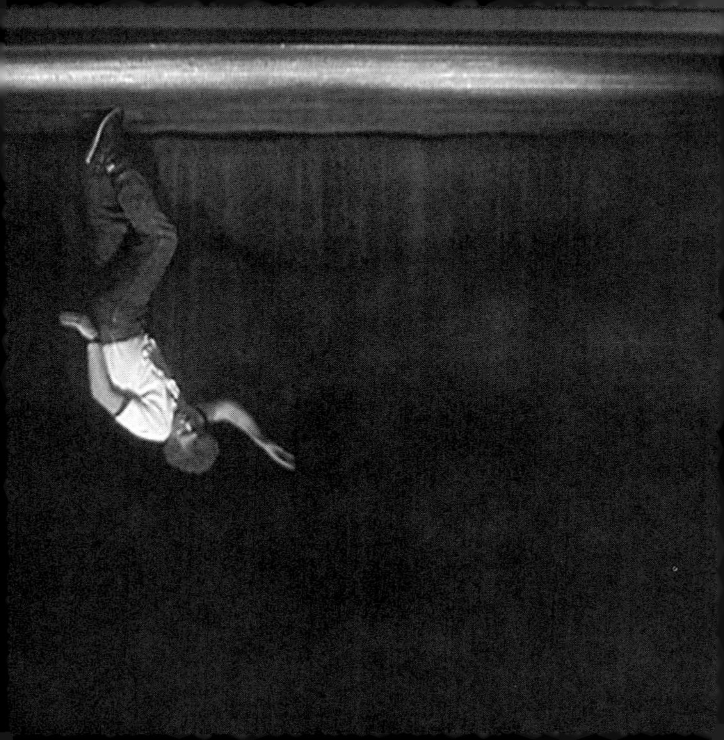

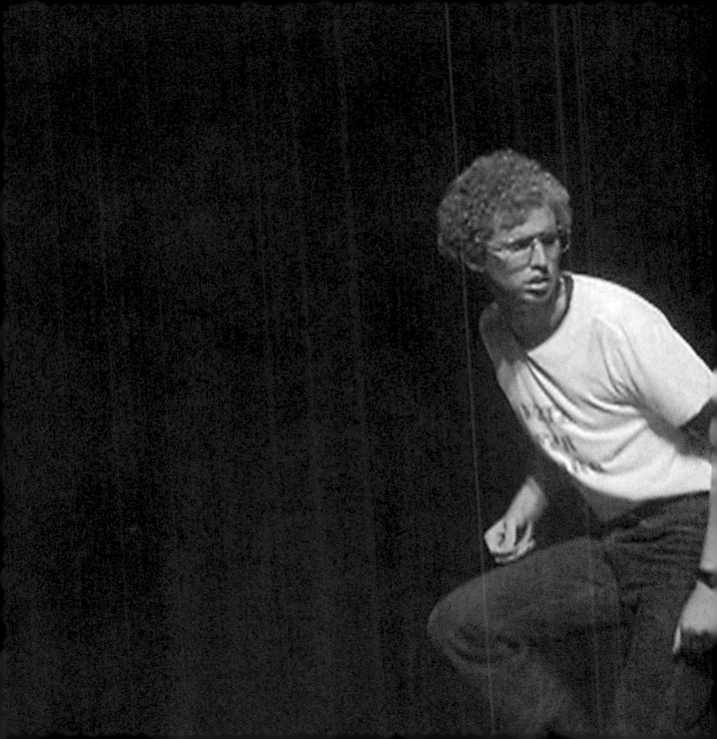

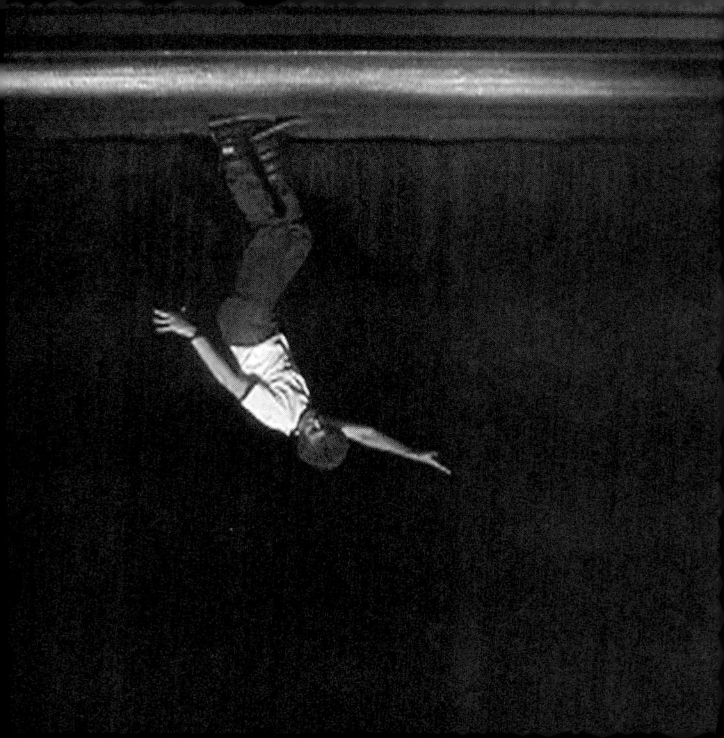

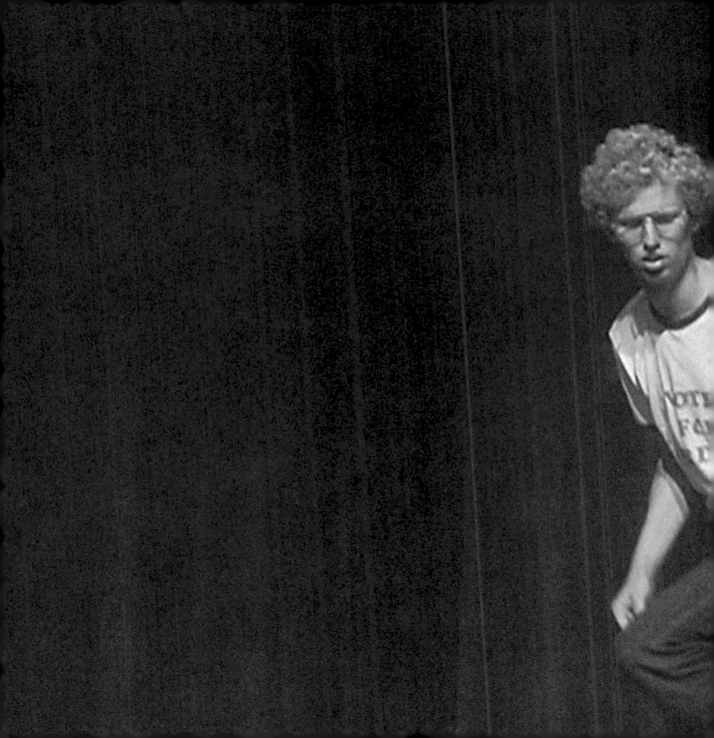

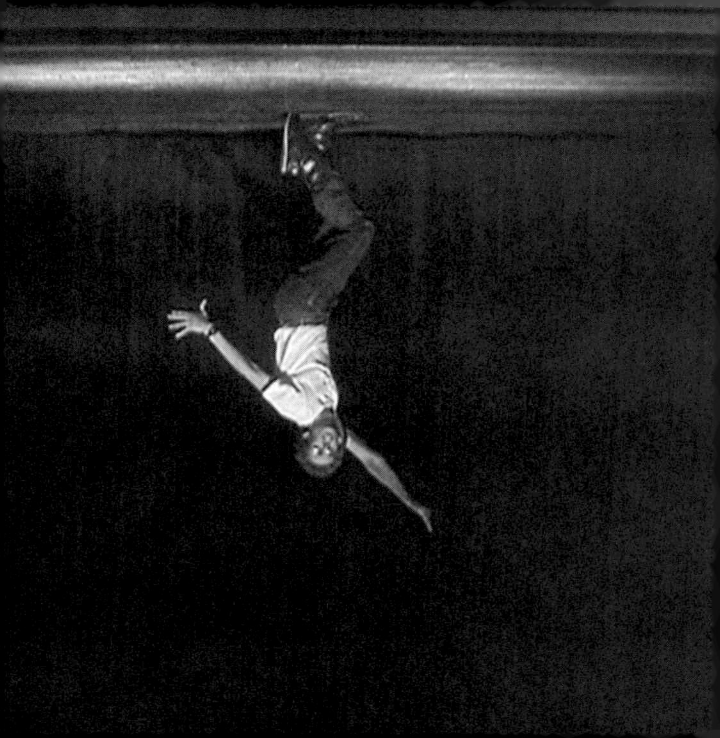

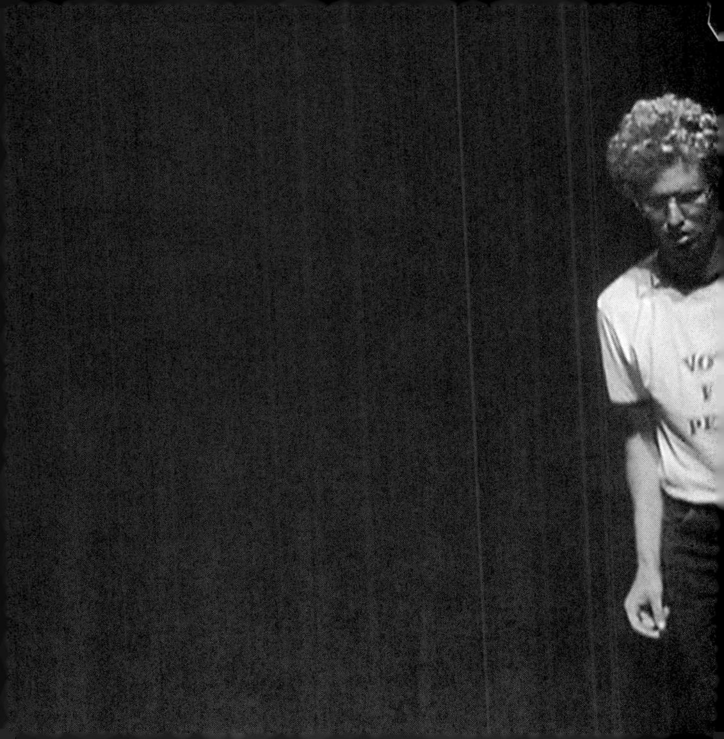

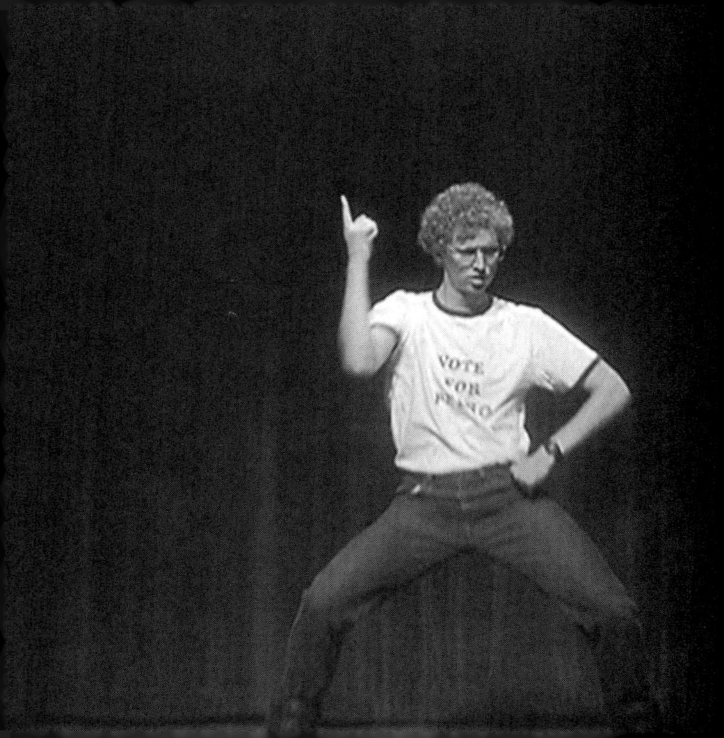
VOTE
FOR

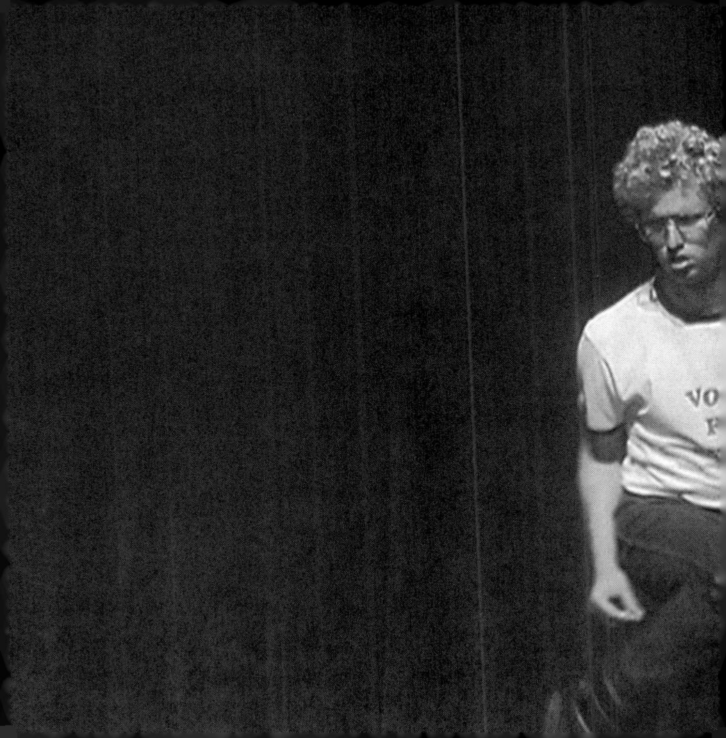

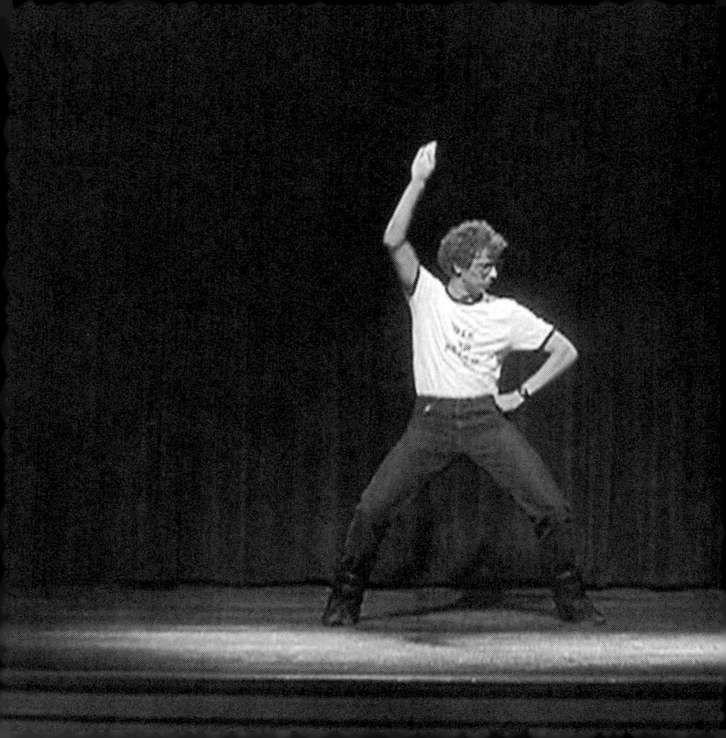

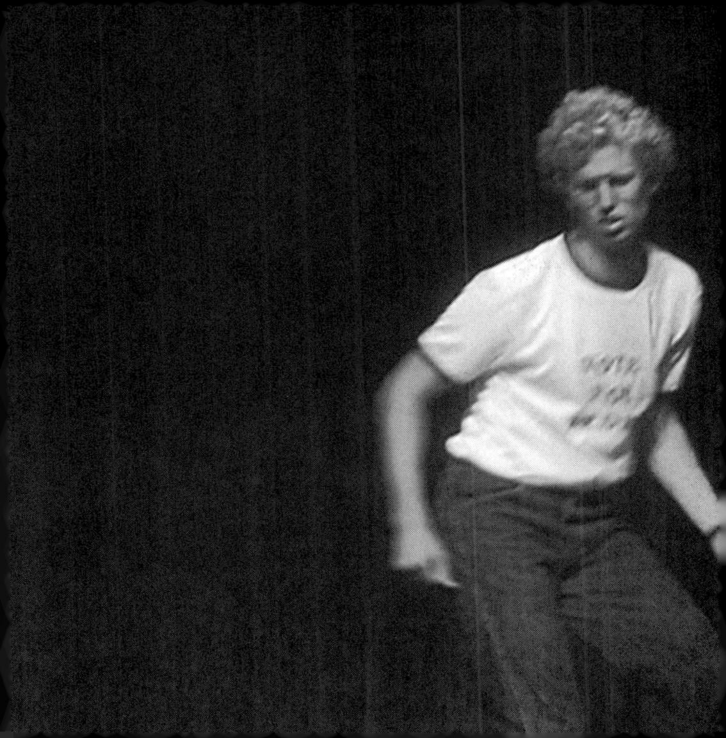

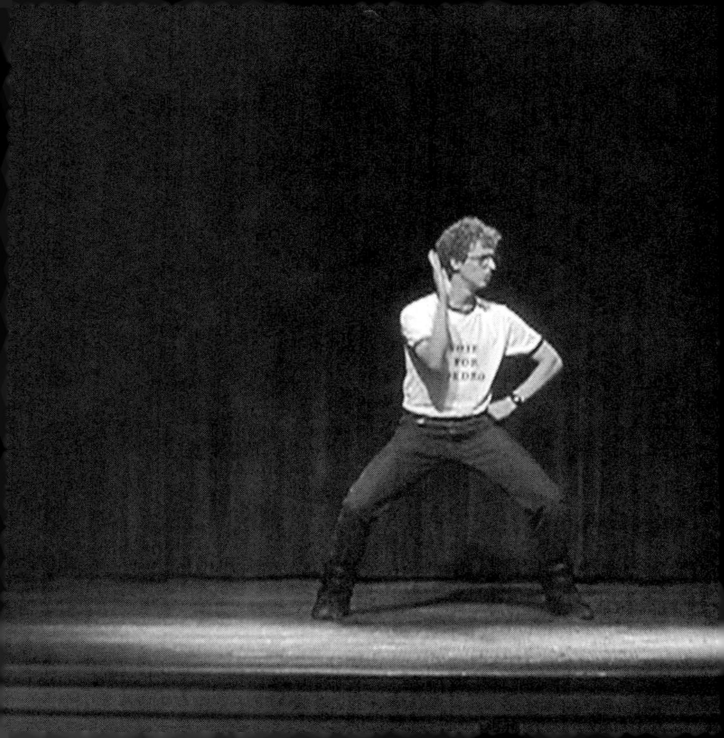
FOR

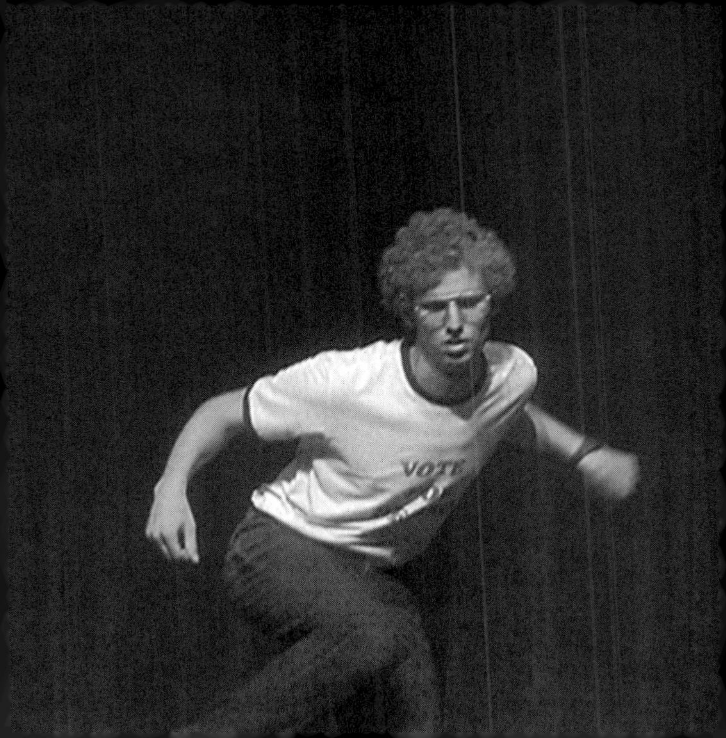

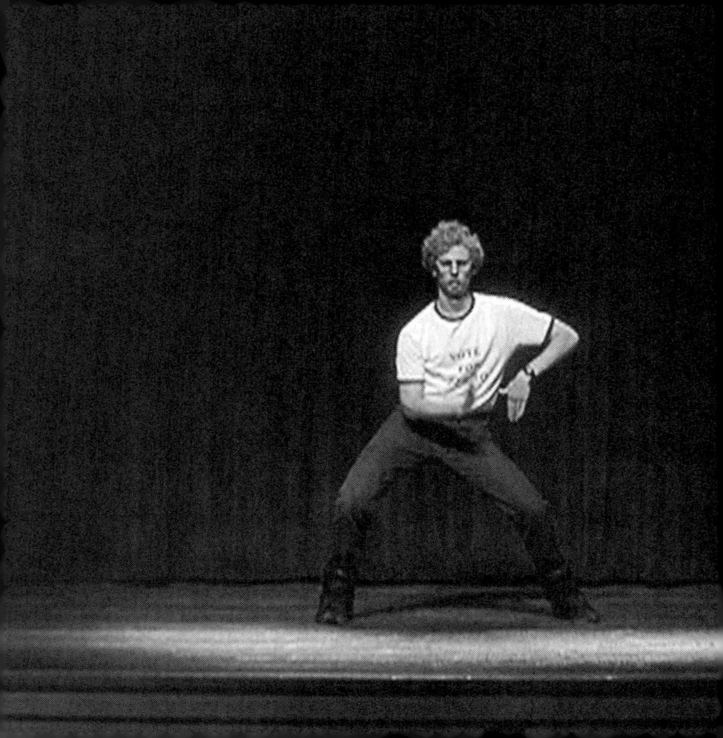

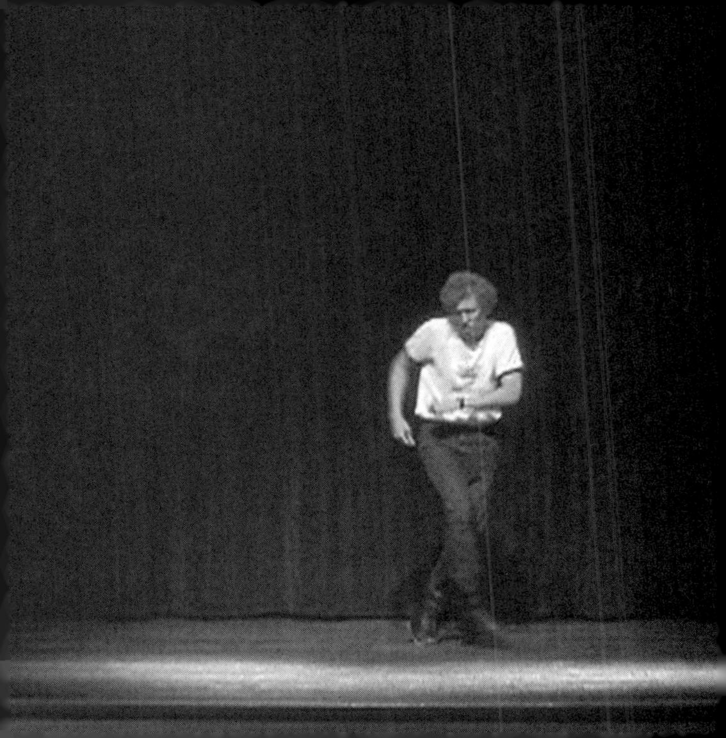

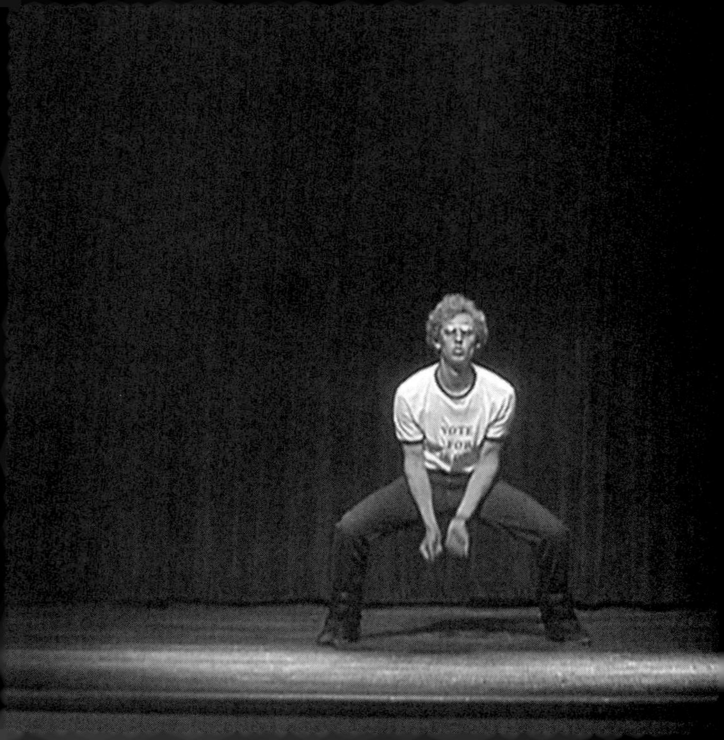

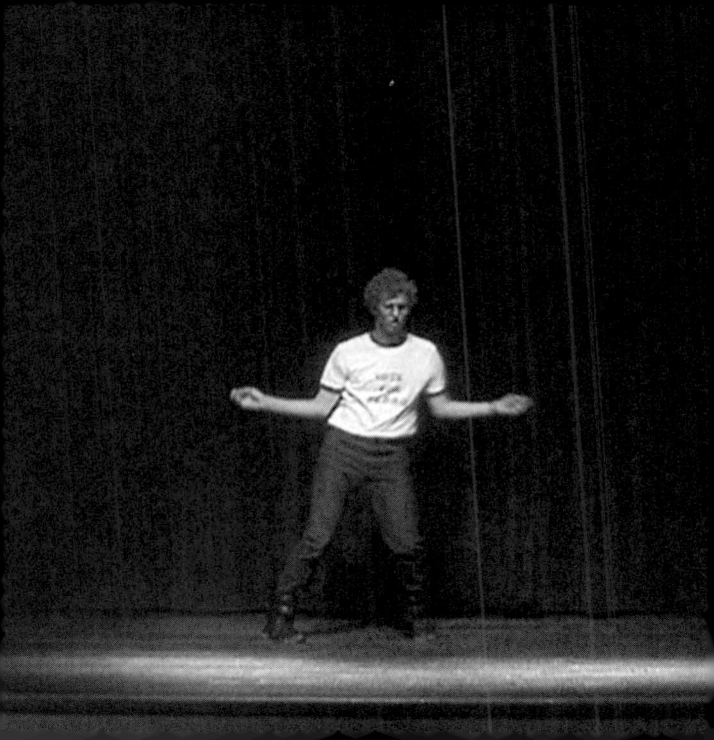

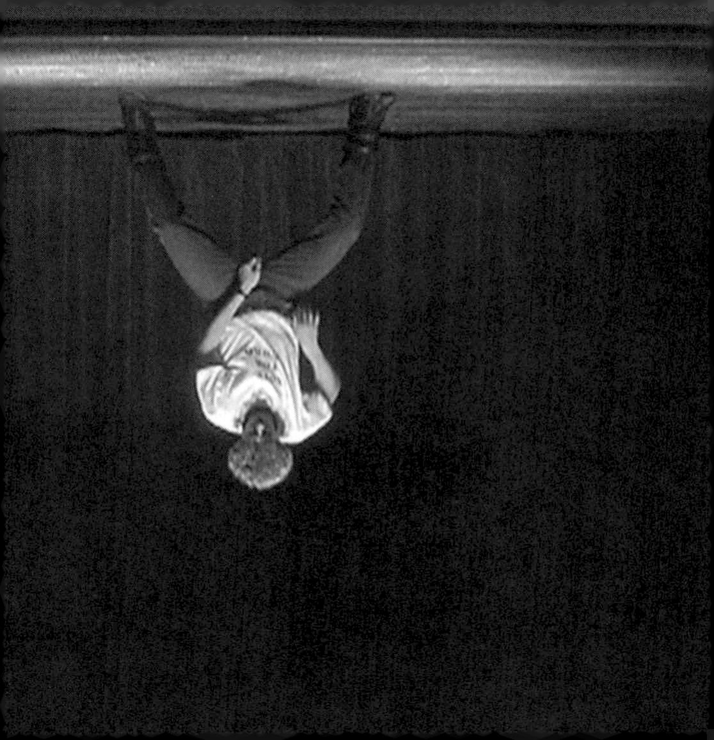

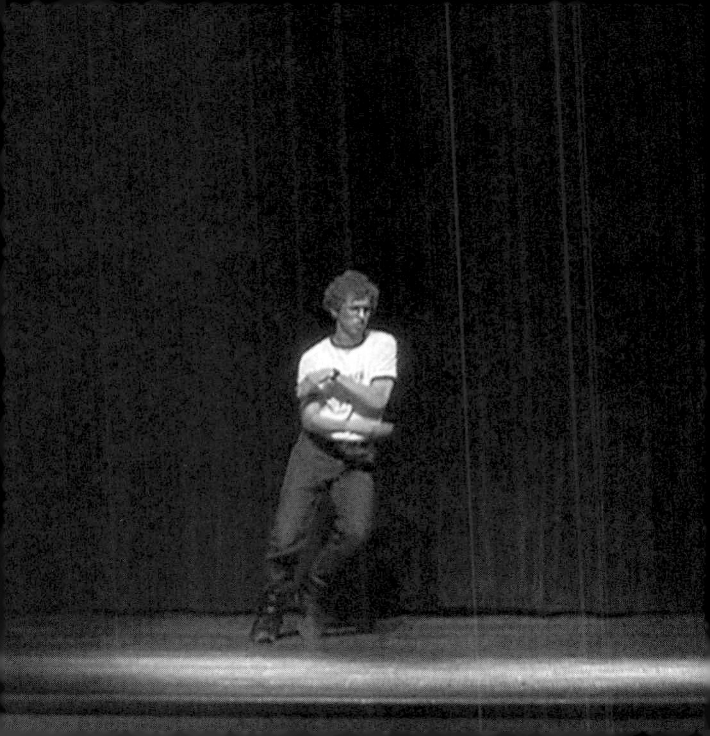

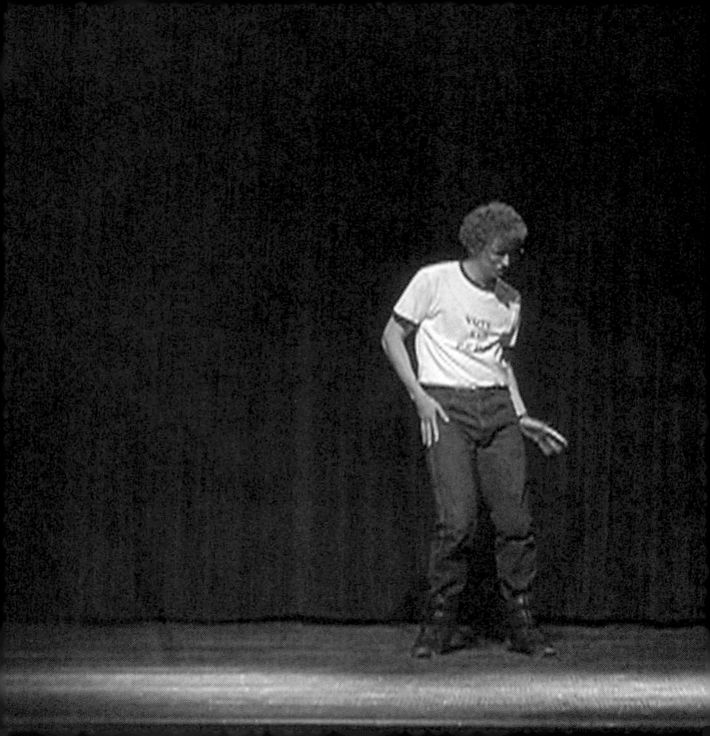

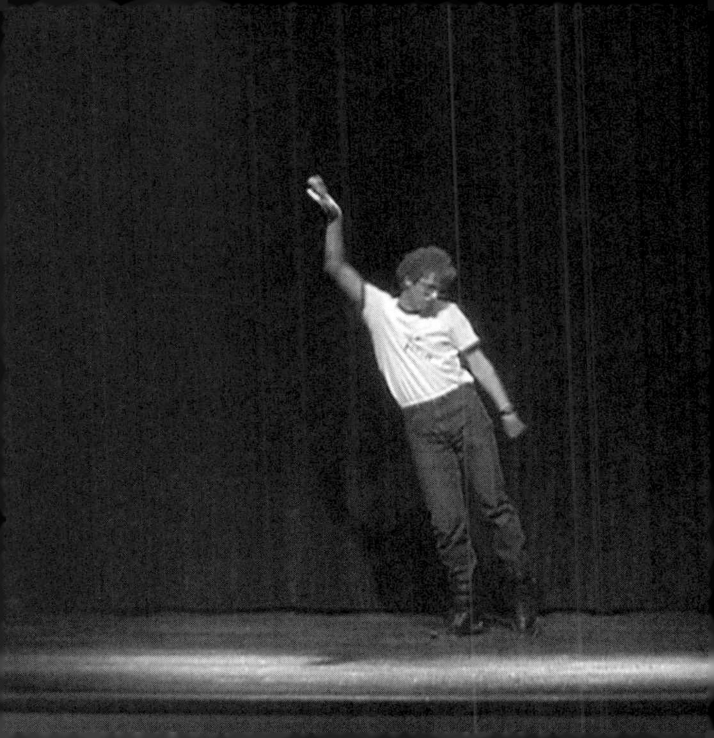

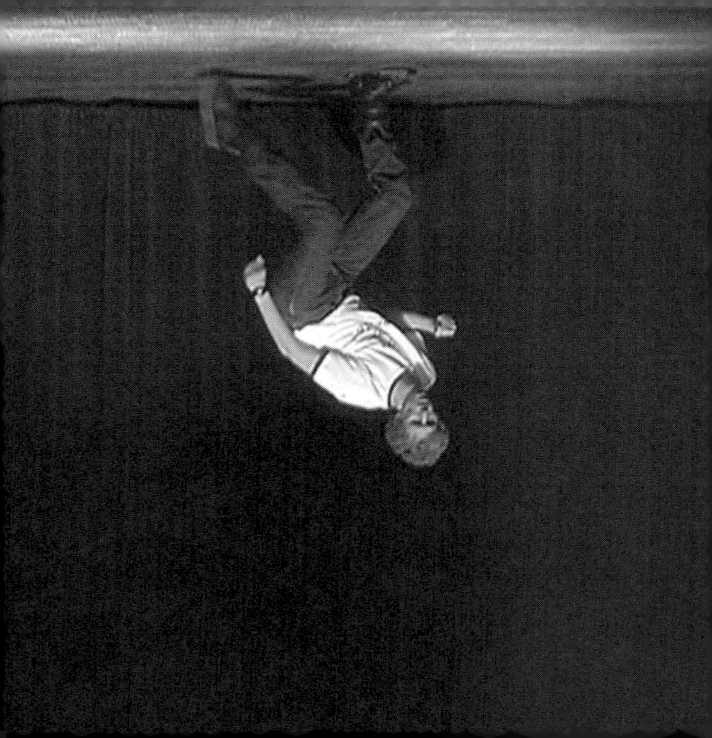

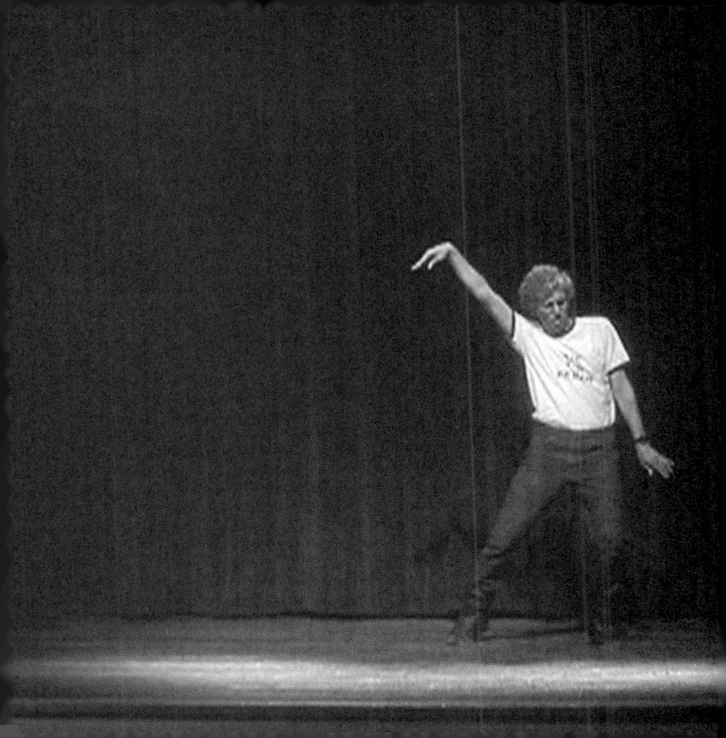

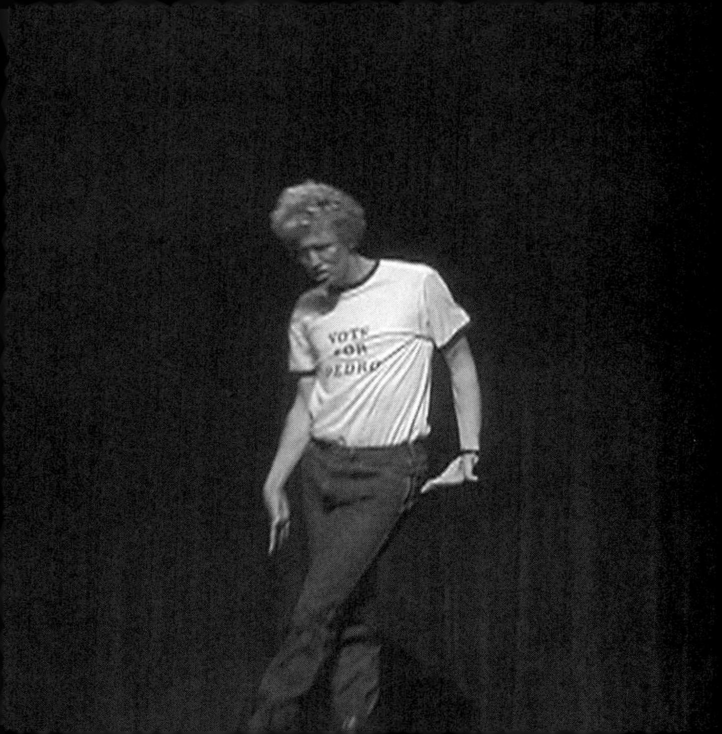

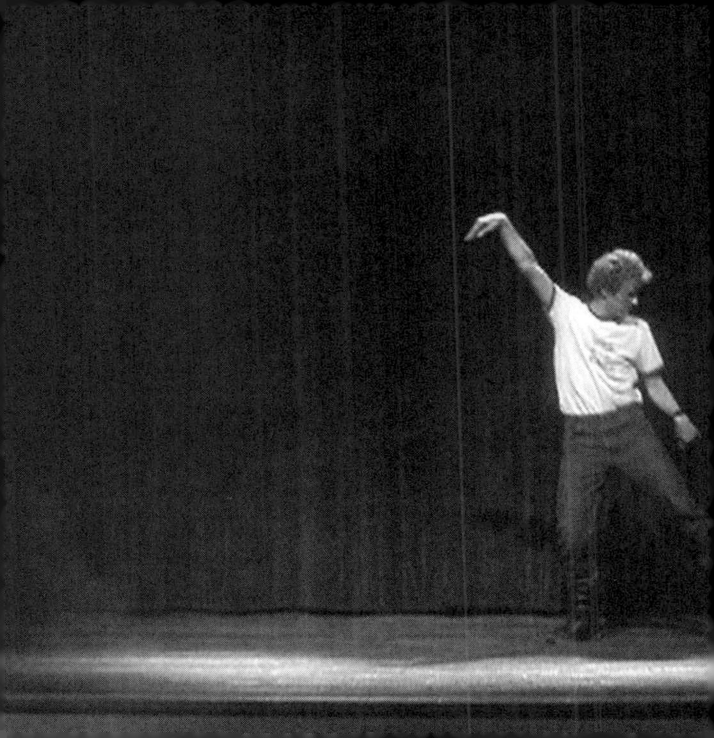

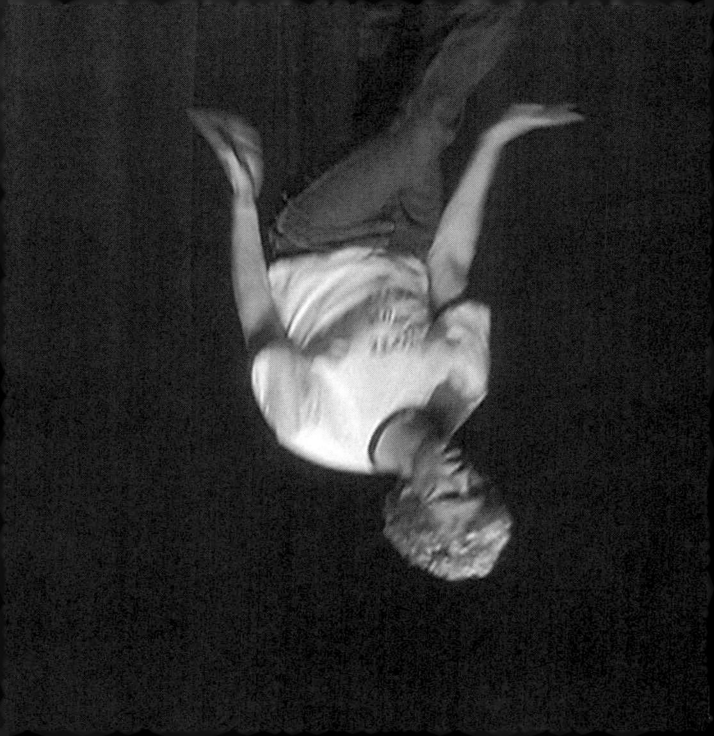

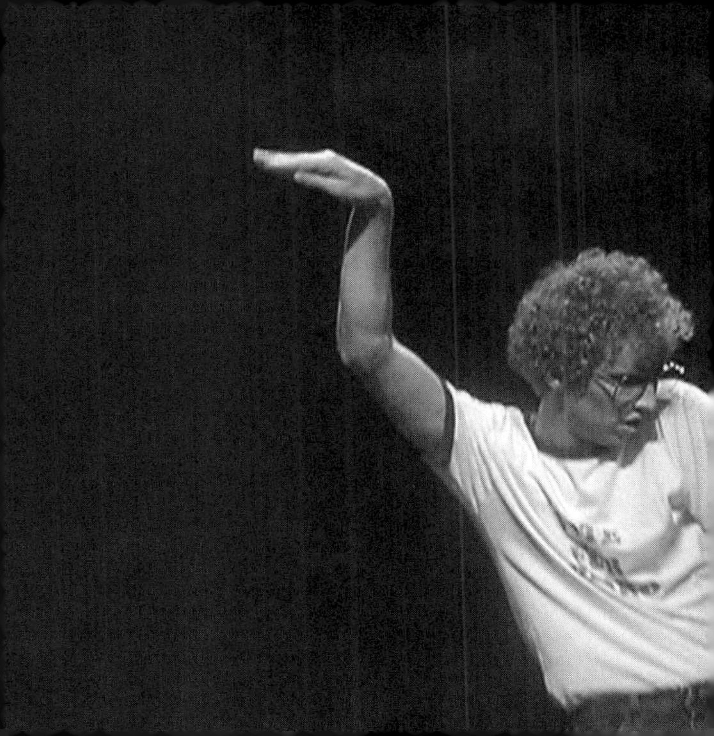

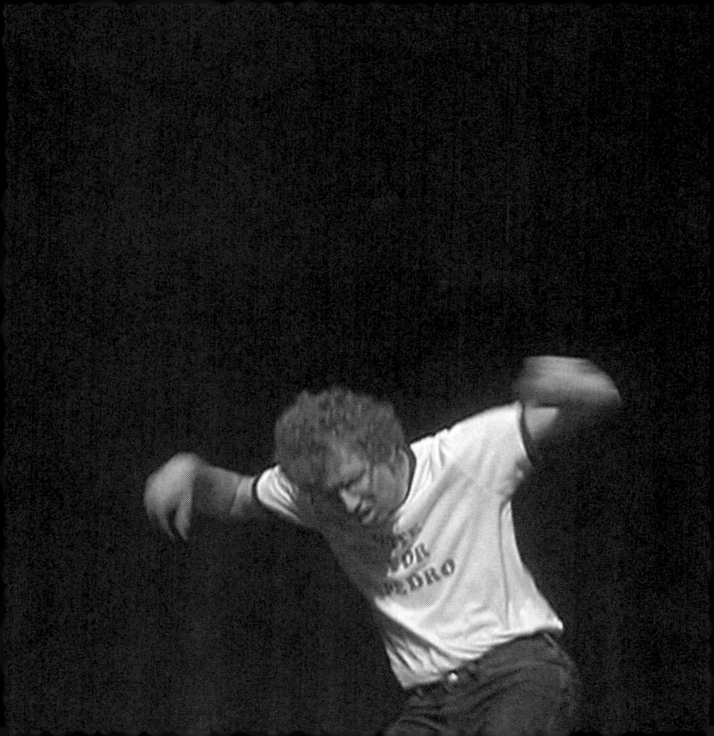

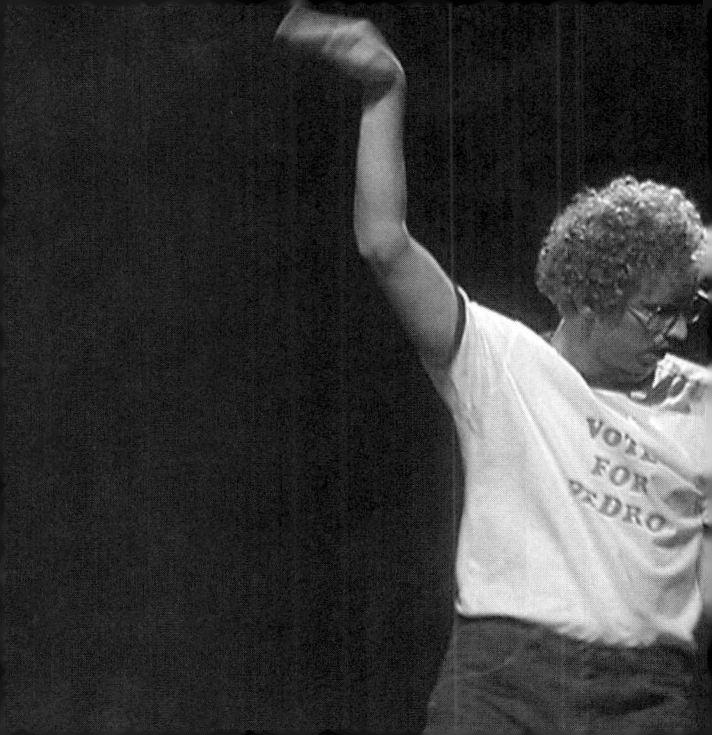
FOR

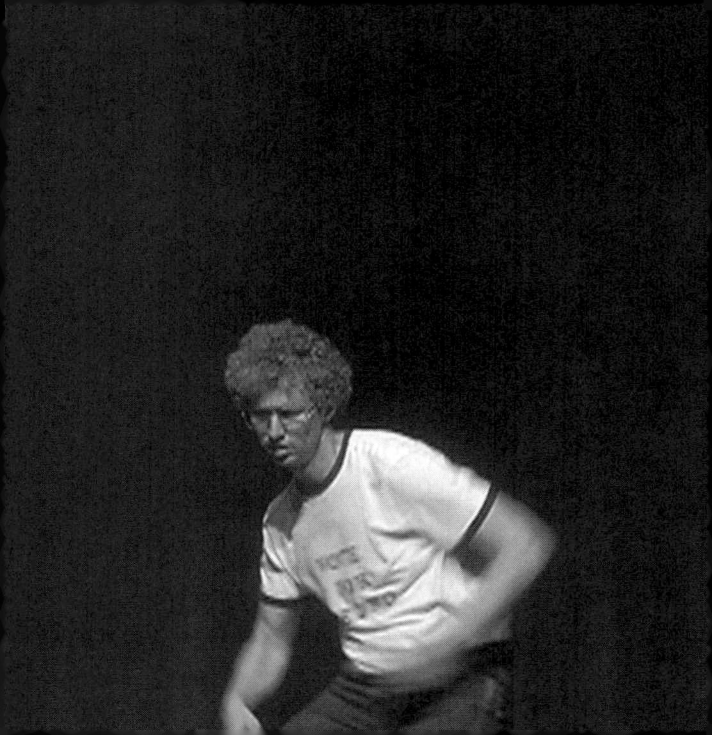

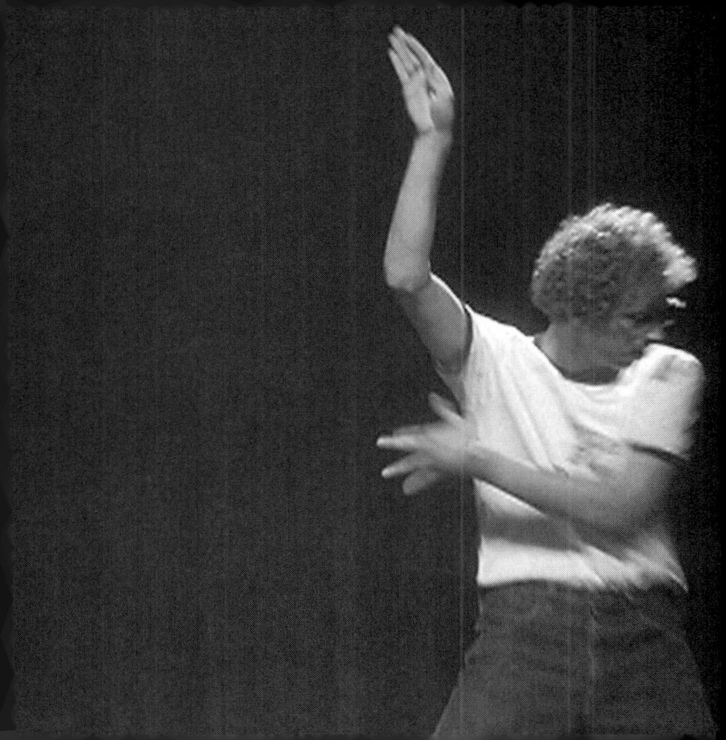

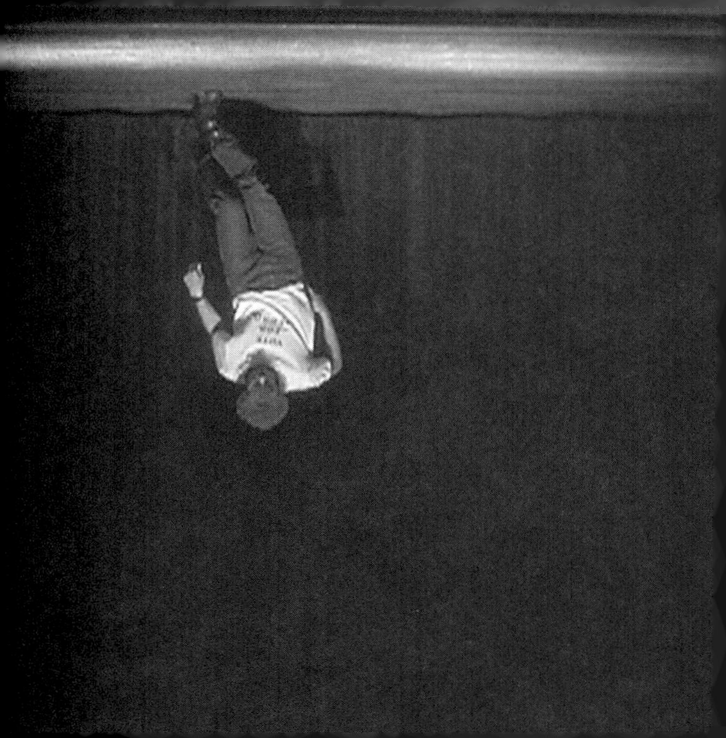

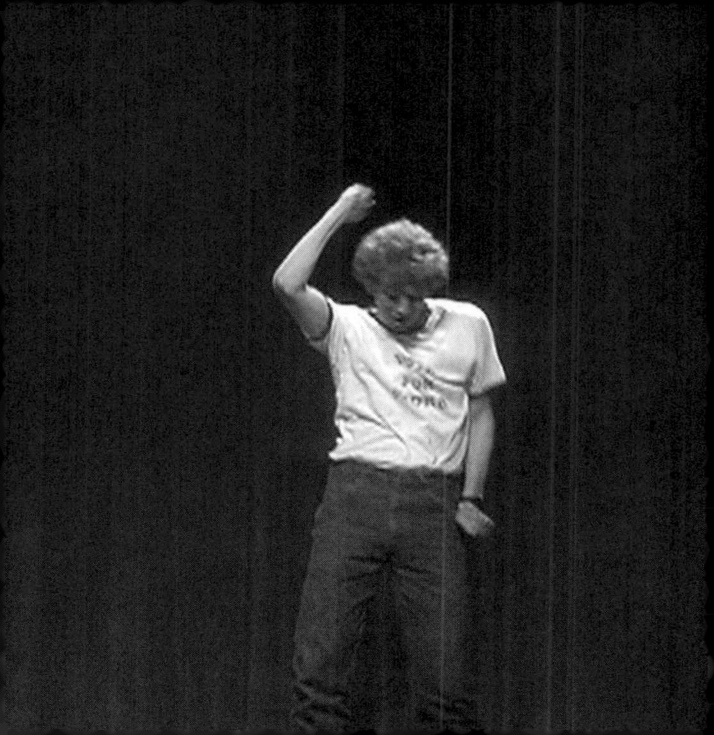

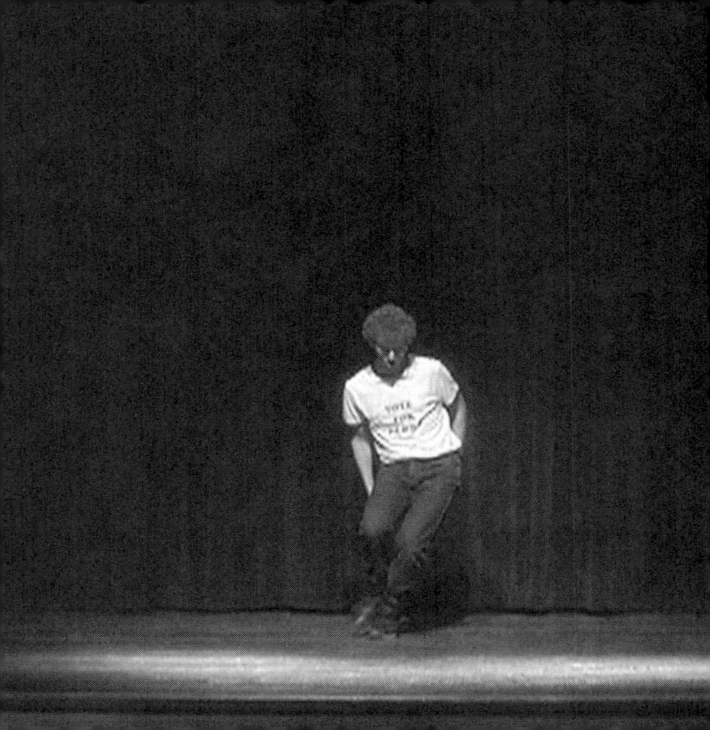

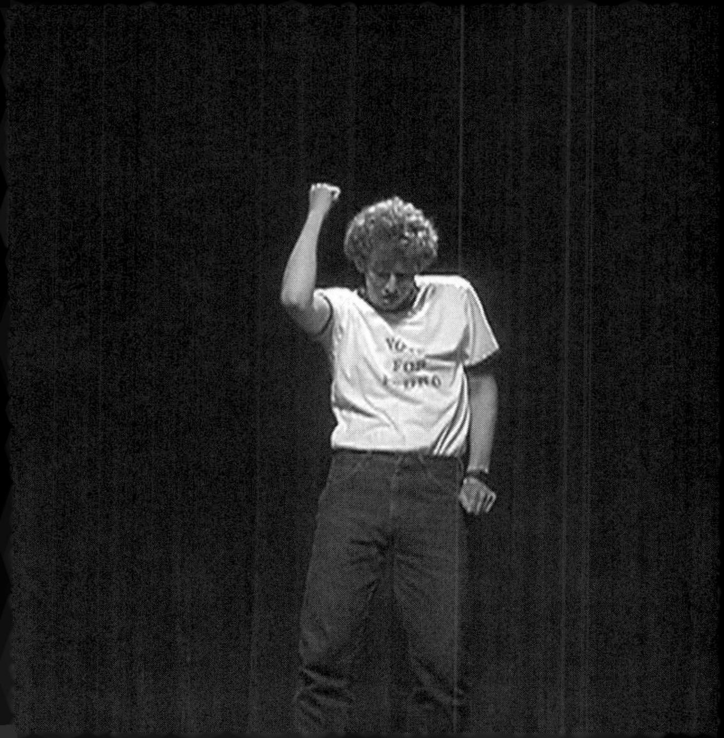
FOR

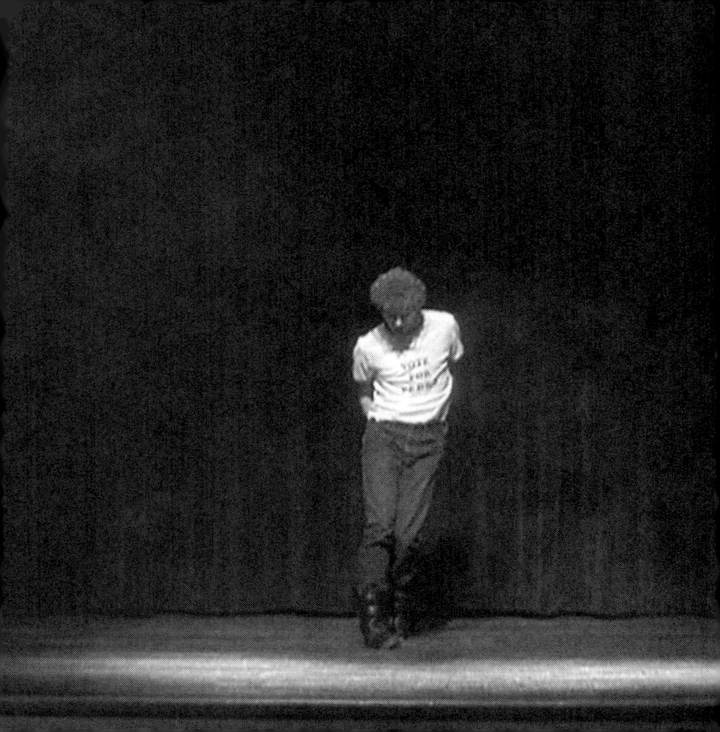

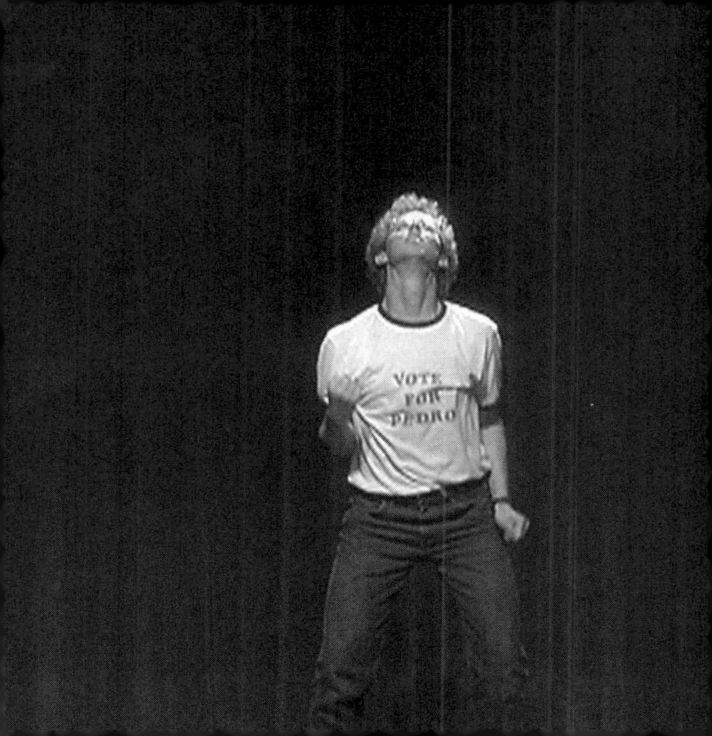
VOTE
FOR
PEDRO

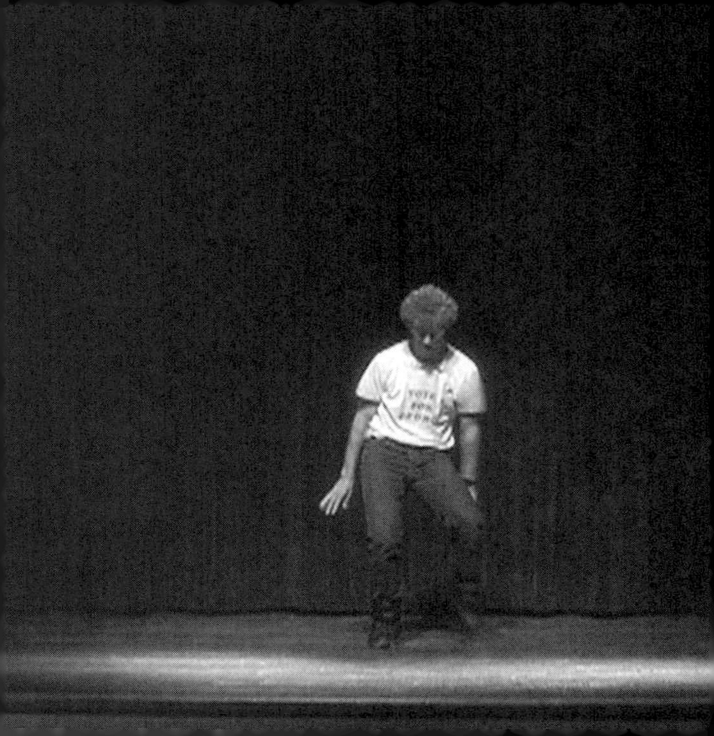

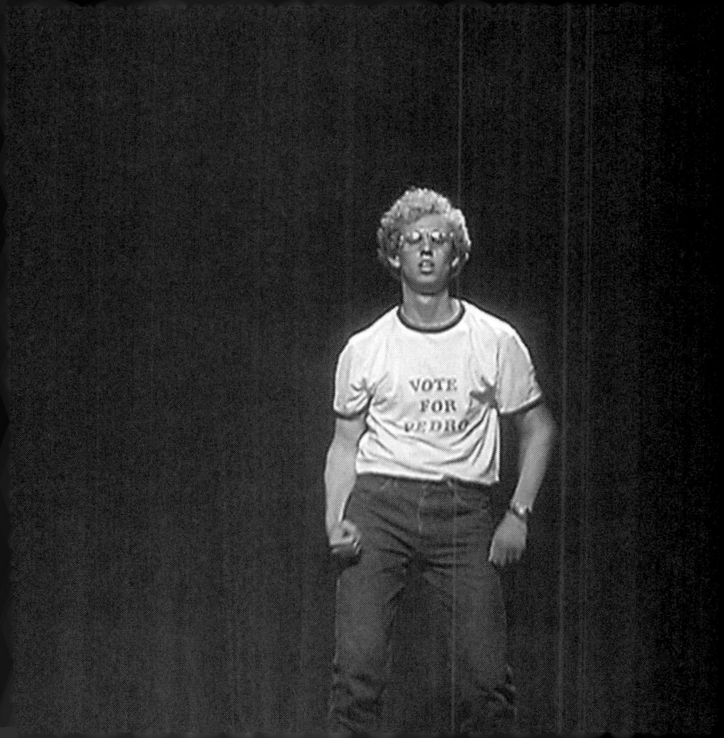
VOTE
FOR

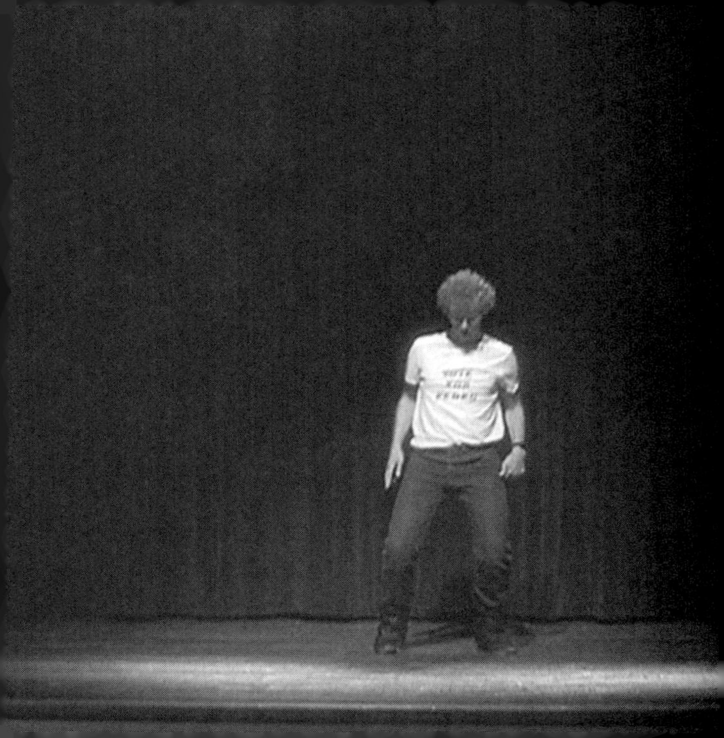

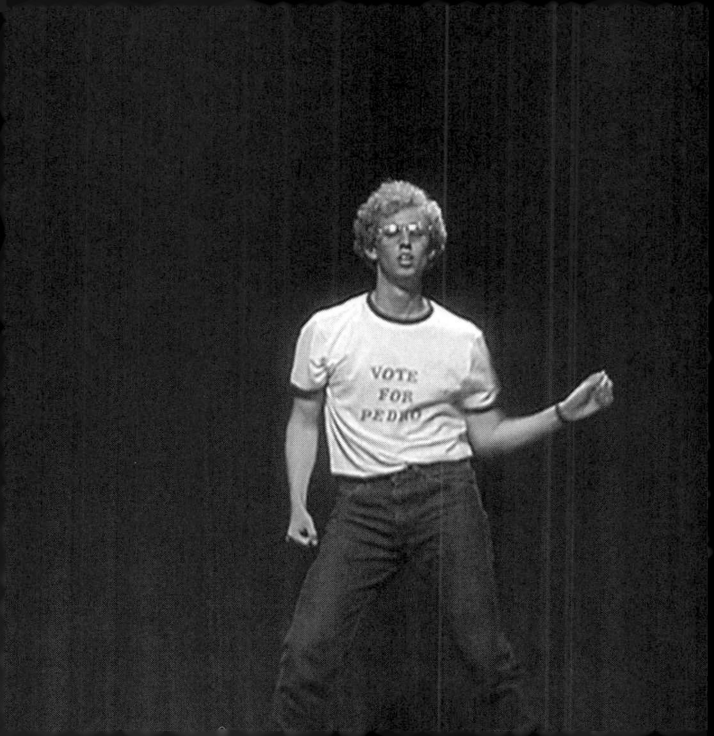
VOTE
FOR
PEDRO

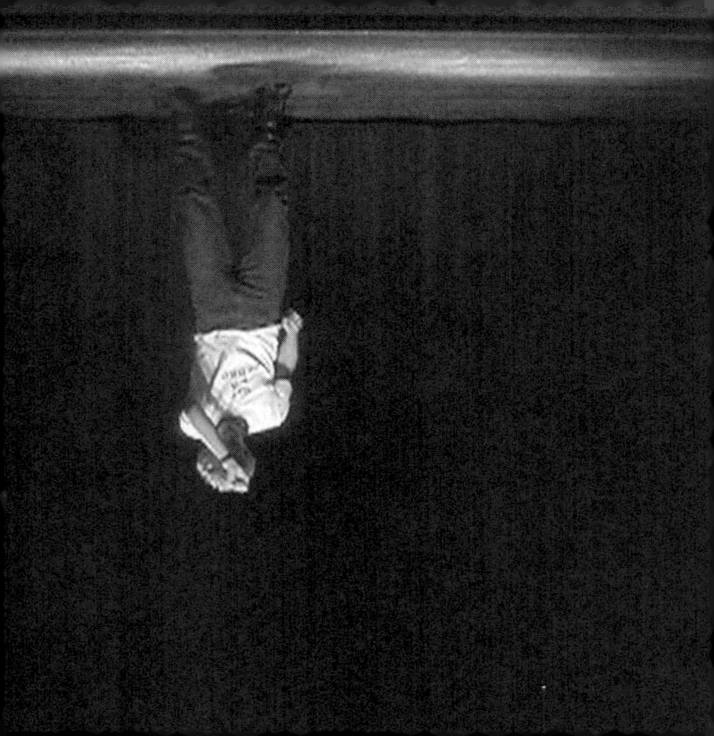

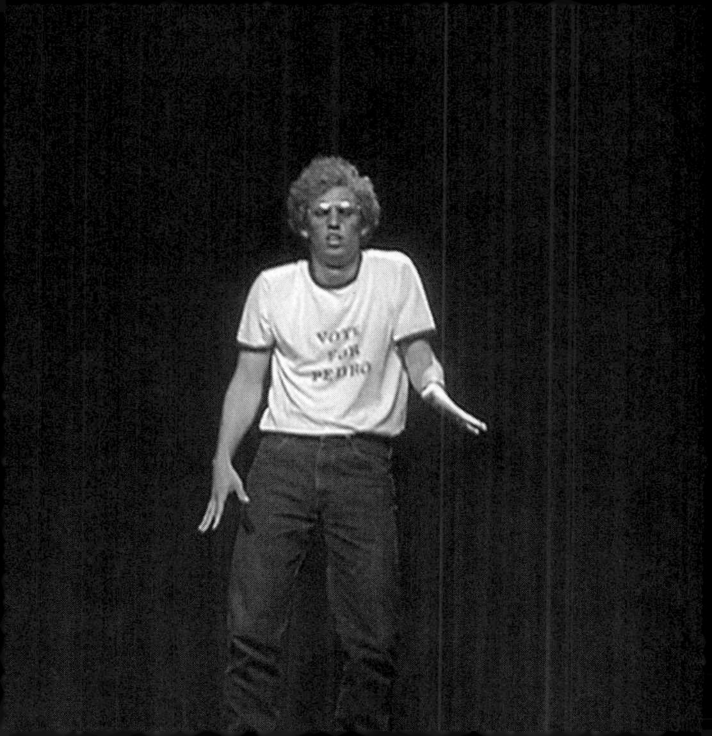
PEDRO

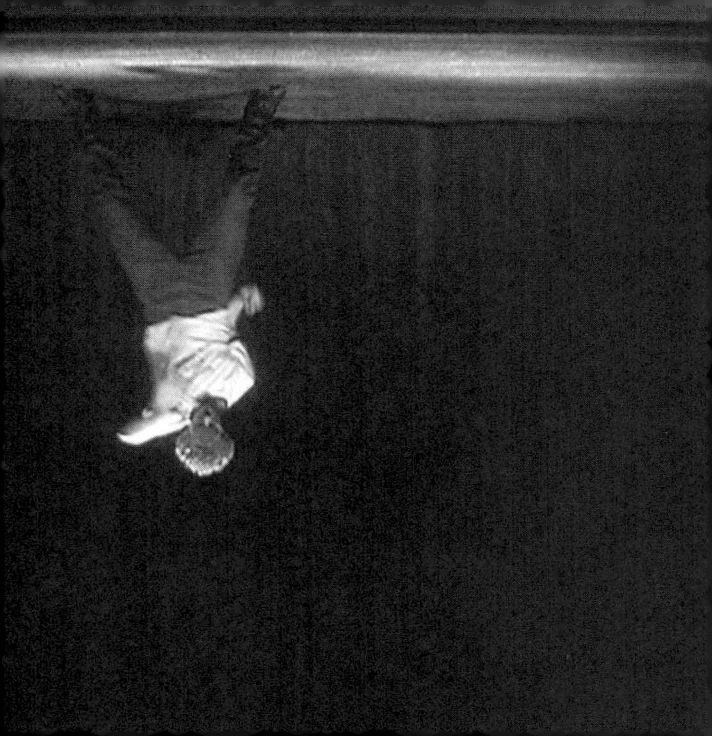

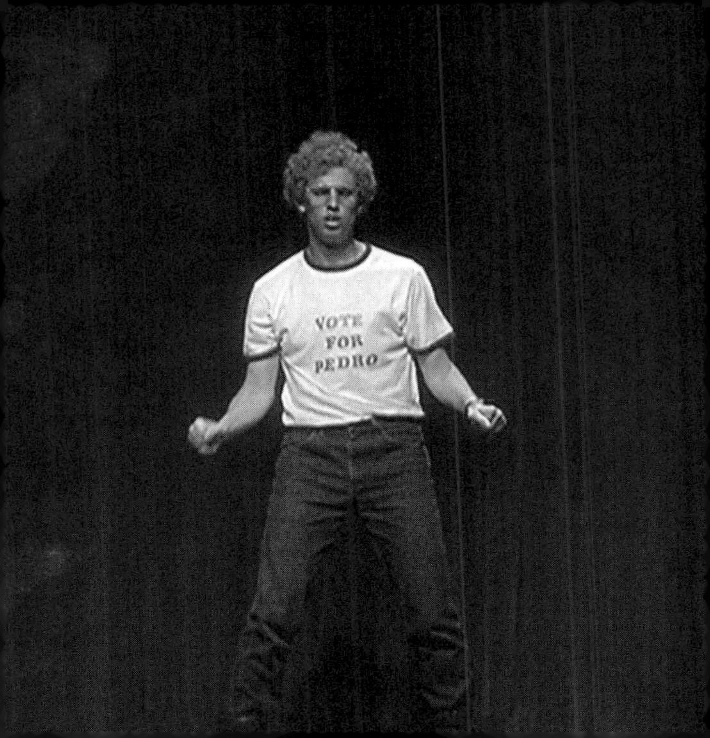
VOTE
FOR
PEDRO

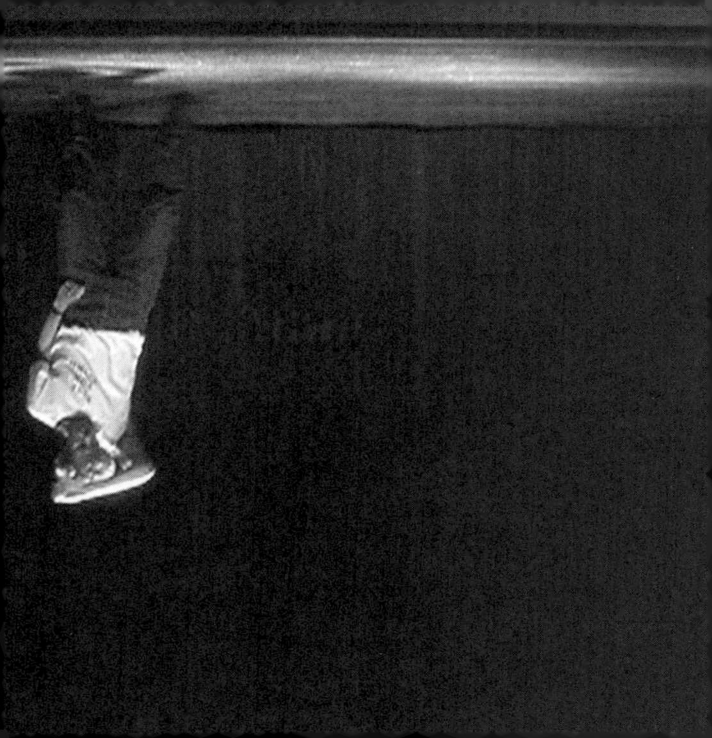